부　부
구　탐
활　생

부부 탐구생활

발행일   2018년 1월 10일

지은이   강 지 원
펴낸이   손 형 국
펴낸곳   (주)북랩
편집인   선일영   편집   오경진, 권혁신, 최예은
디자인   이현수, 김민하, 한수희, 김윤주   제작   박기성, 황동현, 구성우
마케팅   김회란, 박진관, 김한결
출판등록   2004. 12. 1(제2012-000051호)
주소   서울시 금천구 가산디지털 1로 168, 우림라이온스밸리 B동 B113, 114호
홈페이지   www.book.co.kr
전화번호   (02)2026-5777   팩스   (02)2026-5747

ISBN   979-11-5987-953-1 03810 (종이책)   979-11-5987-954-8 05810 (전자책)

이 도서의 국립중앙도서관 출판예정도서목록(CIP)은 서지정보유통지원시스템 홈페이지(http://seoji.nl.go.kr)와
국가자료공동목록시스템(http://www.nl.go.kr/kolisnet)에서 이용하실 수 있습니다.
(CIP제어번호 : CIP2018000603)

(주)북랩 성공출판의 파트너

북랩 홈페이지와 패밀리 사이트에서 다양한 출판 솔루션을 만나 보세요!

홈페이지 book.co.kr • **블로그** blog.naver.com/essaybook • **원고모집** book@book.co.kr

강지원 에세이

부부
부탁
구생
활

그냥 같이 살던
배우자를 가장 소중한 사람으로 바꾼
어느 부부의 관계 회복기

북랩 book Lab

업무시간 외에는 어디를 가든 남편과 같이 다닌다. 새벽에 눈을 떠도 남편은 이렇게 인사를 한다.

"사모님, 잘 주무셨습니까?"

남편은 어린아이 같은 표정을 하고 쳐다본다. 거실에 있는 나뭇잎이 싱싱한 것을 보고 말한다.

"나무가 물을 줘서 우리보고 고맙다고 하네."

"사랑을 많이 주니까, 나무도 잘 자란다. 그치?"

남편은 새벽에 나무에 물을 주면서 이런저런 얘기를 한다. 같이 살아온 날이 28년이다. 연애 시절 얼굴만 봐도 가슴 떨리던 시절과 신혼 시절을 빼고는, 20년 이상을 우리는 투명인간으로 살아왔다. 서로 더없이 좋은 친구가 될 수 있고, 평생을 잘살 수 있는데, 개선해보려는 노력도 않고 습관적으로 많은 시간을 불행하다면 불행하게 지내왔다. 이렇게 잘 지낼 수 있는데 왜 진작 같이 잘 지내지 못했을까? 남편만큼, 편하고 좋은 친구이자 가족은 없다. 그런데 많은 세월을 무엇보다 소중한 줄 모르고 헛된 시간을 보내왔다. 처음 임신했을 때 대화한 내용이 생각난다.

"아들이 태어나도 우리 둘보다 우선이면 안 돼."

"당연하지."

"제일 사랑하는 사람은 우리고, 그다음이 아들인 것 절대 잊으면 안 된다."

이렇게 얘기하고 시작한 결혼생활이다.

결혼해서 살다 보면, 언제 그랬냐는 듯 남들만 보며 살아간다. 남편은 아내보다 다른 사람들이 더 좋아 보인다. 바가지 긁는 아내보다 바깥에서 늘 웃어주는 사람이 더 좋은 것은 당연하다. 우리는 이 사실을 알면서도 부부는 당연하다는 생각을 한다. 식당에서 부부인지 아닌지 알 수 있는 방법은 식사할 때 서로 마주보고 얘기 많이 나누면 부부가 아니라고 한다. 얼마나 슬픈 일인지….

누구에게나 '내 안의 누군가'가 존재한다고 생각한다. '어릴 때 받지 못했던 사랑', '어떤 행동에 대한 두려움' 등 나도 모르는 그 '누군가'를 설명도 해주지 않고, 무작정 서로가 알아서 해주기를 원한다. 아이들에게는 대화를 하거나 행동을 보고 아이의 현재 상태를 파악해 본다. 부부는 원하는 대로 해주지 않으면 화만 낸다. 대화도 없이 그냥 일탈한다. 당연히 알아서 해주기만을 기다린다. 남들은 '다름'을 인정하지만, 남편은 나와 다르면 무조건

'틀리다'고 생각한다. 부부도 서로 다른 환경에서 만나서 알아가는 과정이 필요한데 무시하고, 사랑하니까 다 알아서 해주기를 바란다.

남편이 대화를 시도해 온적이 있다. 대화를 시도한 남편이 방법을 잘못 선택한 것인지, 내가 남편의 대화를 받아들일 자세가 안됐는지 모르지만, 매번 우리는 어긋났다. 아마 내가 자라온 환경이 그렇게 만들었는지 모른다. 하지만 그런 것으로 다 돌려버리기엔 지나온 세월이 길다. 돌아보면 후회가 많이 된다. 지금까지 살아온 것도 나 자신이고, 후회 없는 삶을 살아야 하는 것도 나 자신이다. 누가 대신해 줄 수 없다.

내가 이 글을 쓰고 싶은 이유다. 부부는 가슴 뛰는 사랑은 아닐지라도, 서로를 아껴주고 친구처럼 사랑하는 마음을 끝까지 가져갈 수 있다. 좋은 동반자가 될 수 있다. 서로를 조금씩 배려하면서, 누구보다 먼저 이해하면서 죽을 때까지 좋은 시간을 가질수 있다. 부부만큼 서로를 잘 아는 사람도 없지만, 부부이기 때문에 모르는 부분이 있을 수 있다. 부부는 마지막까지 함께 할 사람이고, 우리의 아이들이라는 공통분모가 있는 떨어질 수 없는 관계이다. 누구나 후회는 하지 않을 수 없지만, 후회보다는 그래도 서로를 위해 살아온 날이 많다는 것을 기억하는 사이가 되기를 진심으로 원하는 마음으로 조심스럽게 이 글을 쓴다.

한 사람이 마음을 열면 한 사람은 같이 문을 열어줄 준비를 하고 있다. 왜냐하면 우리는 같은 배를 탄 사람이고, 함께 키워야 하는 자식이 있고, 가족도 있다. 부부가 아니면 잠깐의 따뜻한 말은 할 수 있어도, 끝까지 함께하기에는 한계가 있다. 남들에게 정성을 들여 잘해주고, 잘 보이려고 하는 만큼, 아니 반만이라도 서로에게 관심과 신경을 쓴다면 멋진 부부가 될 수 있다. 부부는 한 사람의 노력으로 되지 않는다.

"검은 머리 파뿌리 되도록 아내(남편) ○○○를 맞아 사랑하겠습니까?"

우리는 망설임 없이 "네" 하고 대답하고 혼인서약을 했다. 그때의 초심으로 돌아가서 서로 사랑하며 살자. 사랑하며 살기에도 부족한 시간들이다. 후회 없고 소중한 가정을 위해서는 부부의 변함없는 사랑이 중요하다. 아이들은 부모가 잘 지내면 잘 커간다. 모든 것의 근본은 부부의 사랑이라고 생각한다. 출근할 때, 퇴근할 때 '사랑해'라는 단어 한마디와, '파이팅'을 외치자. 서로의 얼굴에 미소를 띠게 될 것이다.

차 례

05 평생을 연인처럼

01

부부라는 인연

남편을 처음 만난 날

서울 원효에 있는 공무원교육원에서 만났다. 남편은 공무원 신규 동기다. 교육원에서 같은 반이었다. 남편은 키가 큰 동기와 단짝이었고, 나도 동기 중에 키도 크고 나이도 제일 많은 언니와 같이 손잡고 다녔다. 교육원 운동장에 나가면 남편과 자주 부딪혔다. 두 남자는 우리를 놀리듯이 뛰어서 따라왔고, 우리는 따라올까봐 도망 다녔다. 레크리에이션 시간에 서로 손을 잡아야 할 때면 초등학생처럼 나뭇가지 하나를 양쪽에서 잡았다. 나와 같이 다니던 언니가 남자들을 가까이하는 것을 싫어했다. 교육 5주 동안 교육원에서 자주 만나기는 했지만, 대화는 해본 적이 없다. 남편과의 첫 만남이다.

아버지가 51세 때 늦둥이로 태어났다. 작은언니는 학교 다닐 때 나를 업고 다녔다고 한다. 아버지는 일찍 돌아가시고 어머니는 경제적인 능력이 없었다. 그래서 우리 집 가장은 작은언니였다. 작은언니는 직장생활이 처음인 내가 혼자서 밥해먹는 게 안심이 안 되었는지, 없는 형편에도 하숙을 하게 했다. 혼자 집을 떠나보기는 처음이다. 첫 발령지인 하동우체국으로 갔다. 도착하니 2층 서무계로 안내해줬다. 인사 담당 주임을 만나서 인사를 하는데, 내가 아는 사람이 있다고 했다. 처음 오는 곳이고, 멀리 하동에서 날 아는 사람이 있다는 것이 신기하고 궁금했다. 남편이 있을 줄은 생각도 못했다. 다른 자리로 이동해서 인사하라고 해서 보니, 지금의 남편이 하루 먼저 발령 받아서 일을 하고 있었다.

아무도 모르는 곳에서 동기를 만나니 반가웠다. 남편은 지원과 회계 담당을 했고, 나는 영업과 예금, 보험을 담당했다. 업무도 생소하지만, 첫 직장이어서 무엇을 어떻게 해야 하는지도 몰랐다. 낯선 사람들, 낯선 사무실…; 모든 게 어색했다.

하동우체국은 소속 관내 우체국 13개를 관할하는 총괄국이다. 그러다 보니 복잡한 업무들이 많았다. 쉬우면서도 단순한 것 같은 전화 받는 일조차 적응이 안 되었다. 우체국에서는 전화 받을 때 '행복을 전하는'으로 시작하는 멘트가 있다. 처음 발령받자 전화 받을 때 멘트가 나오지 않아서 전화벨이 울릴 때마다 걱정이 앞섰다. 업무에 쓰이는 각종 도장들과 식지들 명칭이 어렵고 잘 외워지지 않았다. 계산기 대신 주산을 사용하는 시기였다. 예금보험 업무를 하려면 주산을 잘해야 하는데, 주산을 취미로 조금 한 적은 있지만 곱하기, 나누기까지는 자신이 없었다.

첫 발령 받은 날 손님이 많았다. 일을 하기는 해야 하는데 도장

하나 찍는 것도 어색해서 오래 걸리고, 당연히 업무처리를 잘할 리가 없다. 공교롭게도 나를 더 어렵게 한 것은, 손으로 적어서 관리하던 업무를 온라인 업무로 변경하는 날이 발령받는 날이었다는 것이다. 따로 교육을 받은 것도 아니고, 생소한 업무에 컴퓨터는 처음 만져보는 것이라 당황되었다. 종이 통장을 해약하고 온라인 통장으로 새롭게 만들어야 했다. 한 사람의 일을 두 번 거쳐서 해야 하는 것도 일이 많아지게 했지만, 해약하는 것과 신규통장 만드는 것이 시간이 오래 걸리는 일이기도 했다. 돈 헤아리는 것부터 숫자를 읽어내는 것도 서툰 나는 업무처리가 늦을 수밖에 없었다. 일반 은행은 첫 발령을 받기 전에 돈 헤아리는 연습을 한다는데, 우리는 그런 교육이 없었다. 지폐 계수기가 있었지만 지금처럼 성능이 좋지 않아서, 차라리 손으로 세는 게 더 낫다는 생각이 들 정도였다.

고객은 점점 늘어났다. 설상가상으로 우리 주임은 그런 나를 도와주기 보다는 동작이 늦다고 나무라기 일쑤였다. 요즘 같으면 있을 수도 없는 일이지만, 옛날 상사들은 고함치거나 마음에 들지 않으면 장부도 던지곤 했다. 일을 물어보려고 해도 물어볼 사람이 없었다. 온라인 변환 업무에 대해 교육을 받아서 온 사람은 24시간 교대 근무를 하다 보니, 내가 발령받은 당일엔 퇴근하고 없었다. 업무 지침서를 읽어가면서 하는 것이 쉽지 않았다. 힘들게 하루는 보냈지만 다음 날 걱정돼서 잠이 오지 않았다.

이런 일들이 반복됐다. 일이 해도 해도 끝이 없었다. 10월에 발령받고 연말이 다가오니 고객이 점점 많아졌다. 계속되는 주임의 꾸짖음에 하루의 반은 울면서 밖으로 뛰쳐나갔다. 한번은 화장실 뒤에서 우는데, 남편이 위에서 내려다보고 있었다. 창피했다. 어디 갈 만한 곳이 없었다. 우체국과 하숙집은 가까이 있었다. 집으로 걸어가는데 생각해보니 주인아주머니와 애들이 있어서 갈 수가 없었다. 생각하다가 목욕탕으로 갔다. 목욕탕에서는 물소리 때문에 울어도 표시 안 나고 괜찮을 듯했다.

실컷 울고 돌아가는데, 남편이 하숙집 앞에서 자전거를 타고 기다리고 있었다. 직원들이 나를 찾고 있는 중이라고 했다. 남편에게 내가 목욕탕에 다녀온 것을 얘기하지 말아달라고 부탁하고 사무실로 돌아왔다. 처음으로 둘 사이의 비밀이 생긴 것이다. 여자의 눈물에 약했던 건지, 직장 상사도 오랫동안 자리를 비우고 돌아왔는데 나무라지 않았다.

우리 우체국은 그 당시 초등학교 장학적금을 받으러 갔다. 아이들 등교시간에 맞춰서 받으려면 우체국에 최소한 새벽 6시 30분에 출근해야 했다. 출근해서 사무실 청소와 업무 준비를 해놓고, 남자 직원 오토바이를 타고 다녔다. 그러던 어느 날 새벽에 출근해서 열심히 청소를 하고 있는데, 직장상사가 보자마자 고함을 쳤다. 어제 저녁 퇴근하고 난 후 쓰레기통이 비워져 있지 않다는 것이다. 분명히 퇴근하기 전에 비운 기억이 있는데, 쓰레기가 하나 들어 있다는 것이 이해되지 않았다. 알아보니, 다른 사람이 남아서 일하다가 쓰레기통을 비우지 않고 간 모양이다. 서러운 마음에 울면서 밖으로 나왔다.

비가 부슬부슬 내렸다. 어디인지도 모르고 무작정 걸어가니 산 밑에 넓은 들판처럼 생긴 곳이 있었다. 그곳에 쪼그리고 앉아서 울고 있는데 "사람이냐, 귀신이냐?" 놀라서 고개들어보니 군인이 내 앞에 서 있었다.

울면서 "사람인데요" 하고 놀라서 얼떨결에 다시 사무실로 갔다. 신규 시절 하루 반 이상 울고 보낼 동안, 남편은 아무 일 없이 즐겁게 일하고 있었다. 남편도 힘들었을 것이다. 그런데 내 눈에는 늘 웃으며 지내는 것처럼 보였다. 퇴근할 때는 매일 업무 지침서를 집으로 가져가서 밤새 잠도 안 자고 공부하고, 주산도 연습하고, 숫자 쓰는 연습도 했다. 6개월쯤 지나고 나니 '걸어 다니는 편람'이라는 소리를 들을 정도로 업무 능력이 늘었다. 관내 우체국에서 업무를 물어보면 걱정이 되지 않았다.

회식도 잦았다. 회식을 거의 일주일에 3번 이상은 했다. 회식하면 새벽까지 하는 게 일상이었다. 짧은 기간에 체중이 10kg 늘었다. 만나러 온 친구들이 나를 알아보지 못할 정도였다. 하루는 업무 마감을 하는데 잔고가 6만 원 차이가 났다. 아무리 찾아도 나오지 않았다. 6만 원을 채우려니 돈이 없었다. 부산에 있는 집으로 가서 얻어오려고 시외버스 터미널을 가려는데 계장님을 만났다.

"돈 채워 넣었나?"

"아니요, 그래서 집에 가는 중인데요."

"잔고를 비워두고 퇴근하면, 다음 날 감사라도 오면 어떡하라고?"

돈은 없고 서러운 마음에 울었다. 계장님이 대신 6만 원을 빌려주더니, 우는 내가 불쌍했는지 계장님 집으로 가자고 하셨다. 집으로 가서 사모님이랑 같이 저녁을 먹고, 성냥개비를 돈으로 대신하여 고스톱을 쳤다. 한참을 웃고 떠들고 하니 기분이 한결 좋아졌다.

우체국에 비상이 떨어졌다. 밤 9시가 넘은 시간이었다. 무슨 일인가 나가보니 원인은 남편이었다. 남편 친구가 부산에서 놀러왔는데, 마땅히 갈 곳이 없어서 같은 과 여직원 혼자 사는 자취집에 놀러갔던 모양이다. 그 여직원은 밤에 찾아온 것이 기분이 좋지 않아 무단침입했다고 사무실에 연락을 했다. 지금 생각하면 웃음이 나지만, 그때는 남편의 행동에 어이가 없었다. 남편은 술도 좋아하고 여자도 좋아했다.

우체국에 여자 손님이 방문해서 두리번거리면 대부분 남편 손님이었다. 남편은 그런 자신을 자랑스럽게 생각했다. 하루는 자기가 하동에서 진주로 영화를 자주 보러 가는데, 영화관에서 만난 여자라며 당연하고 자랑스럽게 얘기했다. 데이트도 많이 하고 재미있게 사는 사람이었다.

총괄국 국장님이 우리 둘만 보면 "둘이 결혼하면 되겠네" 하신다. 우리는 극구 아니라고 말했다. 나는 솔직히 관심이 없었다. 그런데 '말이 씨가 된다'는 말이 틀린 것은 아닌 것 같다. 우리가 이렇게 인연이 된 것을 보니….

하동에서 2년 근무하고 부산으로 발령받았다. 곧 승진시켜준다고 조금만 더 근무하라고 하는데, 부산으로 오고 싶어서 승진을 포기했다. 남편은 승진해서 화개우체국으로 갔다. 화개우체국에서 7급 공무원 공부를 하려는데 책을 좀 사달라고 부탁했다. 책값이 7만 4천 원 정도 됐는데, 나에게는 큰돈이었다. 전화를 여러 번 했는데도 돈을 주지 않았고, 결국 돈을 받기 위해서 만나게 되었다. 몇 번 만나다 보니 정이 들어서인지 우리는 자주 만났다. 처음 둘이 만나게 된 계기가 책값이었다고 생각하는데, 남편은 다른 사람들이 어떻게 만났냐고 물으면, 내가 죽고 못 살아서 결혼해주었다고 말하고 다닌다.

우리 집에서는 남편에 대해 반대를 많이 했다. 키가 작고 가진 것도 없고 결혼하면 고생만 할 것 같다는 이유였다. 특히 엄마는 얼굴에 복이 없어 보인다고 거절했다. 엄마가 다니는 절에서 궁합을 봤는데, 둘이 결혼하면 절대 안 된다고 했단다. 나는 그런 것이 귀에 들어오지 않았고 계속 데이트를 했다. 엄마, 언니, 나 이렇게 셋이서 살았는데, 밤 10시만 넘으면 언니가 난리를 쳤다. 남편은 하동에서 나를 만나러 왔다. 조금이라도 더 같이 있고 싶은데 일찍 집에 가야 하니 헤어지기 싫어서 많이 안타까워 했던 기억이 난다. 이렇게 우리의 만남이 이루어졌다.

내 눈에 콩깍지

휴일날 남편 친구들과 1박 2일로 여행을 갔다. 집에서 혼날 것을 생각하면 걱정이 됐지만, 남편과 있는 것이 더 좋아서 여행을 선택했다. 당시 가수 전영록이 인기 있을 때였다. 내가 보기에 검은 테 안경을 낀 남편은 전영록을 많이 닮았다. 그래서 남편에게 끌린 것 같다. 남편과 있으면 언제나 즐겁고 행복했다. 엄마와 언니의 말이 귀에 들어오지 않았다. 남편도 연고지 신청을 내서 하동에서 부산으로 왔다. 우리는 자주 데이트를 했고, 나는 남편 외에 아무것도 눈에 들어오지 않았다. 집에서 반대가 심하니 몰래 데이트 하느라 힘들었지만, 남편과 같이 있으면 왜 그렇게 시간이 잘 가는지….

엄마가 갑자기 암으로 입원하게 되셨다. 배가 아파서 1년 넘게 개인병원을 다니셨는데, 어느 날 종합병원으로 가보라는 의사 소견이 있었다. 암이라는 선고를 받았다. 병원에 입원하신 엄마를 간호할 사람이 나밖에 없었다. 우리 집 가장인 언니는 돈을 벌어야 하고, 오빠는 서울에 있었다. 엄마를 병간호할 동안 남편이 계속 병원에 같이 있어줬다. 남편이 옆에 있으니 직장 다니면서 밤샘을 거의 해야 하는데도 별로 힘든 줄 몰랐다. 엄마는 입퇴원을 몇 번 반복하다가 돌아가셨다. 우리 형제는 정신이 없었다. 남편이 직장에서 3일 휴가를 받고, 우리 형제를 대신해서 장례식 절차를 처리했다. 장례식이 끝나는 날까지 함께 있었다. 오빠는 남편을 모르고 있는 상태였다. 마지막 날 오빠가 "저 사람은 누구야?" 하고 물었다. 내가 사귀는 남자친구라고 언니가 얘기했다. 그러자 오빠는 "며칠 봤는데 일도 잘하고 믿음직한데, 둘이 결혼하고 싶으면 하게 하자"고 했다. 반대하던 언니도 반대의 말을 하지 않았다. 큰언니를 제외한 작은언니, 오빠도 미혼이었다.

엄마가 돌아가셨으니 작은언니가 결혼하면 나 혼자 살아야 했다. 언니는 한달 후로 결혼날짜를 정해놓은 상태였다. 혼자 사는 게 걱정되었는지, 오빠는 그냥 둘이 결혼시키자고 했고 언니들도 승낙했다. 언니, 오빠가 먼저 결혼해야 했다. 나는 결혼하기 전에 엄마와 내가 살던 집에서 살기로 했다. 나는 남편 집에 승낙을 받으러 밤 10시가 넘어서 갔다.

남편도 늦둥이라서 부모님이 안 계신다. 남편에게는 형님과 누나 셋이 있었다. 영도에 있는 제일 큰누나 집으로 먼저 갔다. 처음에는 관심이 없는 듯 누워서 일어나보지도 않다가, 사주를 보자고 하더니 책을 가지고 나오셨다. 생년월일을 물어보고 책을 보더니 바로 대연동 형님 집으로 데리고 가셨다. 내가 남편 내조를 잘해서 남편이 잘되고, 늙어서 금은보화가 가득하다는 사주가 나왔다고 한다. 무조건 결혼시켜야 된다고 하셨다. 남편에게도 10살 이상 차이나는 형님이 부모님이나 마찬가지였다. 형님 집에서 결혼 승낙을 받고 우리는 집으로 돌아왔다.

결혼을 준비하던 어느 날 남편의 형님 집에서 우리를 불러서 갔다. 검은 비닐봉지에 싼 무언가를 전해주어서 그것을 들고 집으로 왔다. 집에서 뜯어보니 화장품이었다. 박스 대신 신문에 싸여 있는, 상표도 없는 화장품이었다. 그 당시에 나는 기초 화장품도 거의 바르지 않고 다녔기에 그런 것이 중요하지 않았다. 지금 생각하면 웃음이 난다. 화장품 이름이 '아모리'였다. '아모레'가 아니라…. 내 눈에 메이커 같은 것이 들어왔다면 싸웠을 것이고, 아마 결혼하는 데 문제가 있었을 것이다. 그렇지만 나는 남편 외에는 보이지 않았다.

남편은 아무 것도 없이 말 그대로 몸만 온 셈이다. 전세 200만 원에 월세 4만 원인 작은 집이었다. 우리는 둘이 있는 것만으로 좋았으므로 시작이 쉬웠다. 결혼하기 전에 신혼이 시작된 것이다. 작은언니가 결혼하고 난 후 두 달 뒤 우리가 결혼하기로 했다. 오빠는 내 결혼 한달 후로 날을 잡았다. 1남 2녀가 한 해에 다 결혼하다 보니, 내 결혼식은 친척들한테 알리지 않았다. 매번 연락하기 미안해서 큰집에만 알렸다. 큰집 형제가 많은 것이 다행이었다. 작은언니가 30만 원 주고 장롱을 새로 구입해줬다.

남편과 나는 인생을 알지도 못했고, 둘이 같이 있는 것만으로 불만이 없던 시기였다. 우리는 커튼을 새로 장만한 것 외에 아무것도 갖추지는 않았지만, 그때만큼 행복했던 적이 없다. 쳐다만 봐도 웃음이 나오고 좋았다. 엄마가 돌아가시고 남편이 옆에 있어서 많은 도움이 됐다. 우리 부부는 둘 다 부모님이 일찍 돌아가시고 의지할 데가 없었다. 그래서인지 서로 맘이 통했다. 둘이 같이 있으면 안 될 일이 없었다. 직장에 출근할 때 엘리베이터를 타면 내가 항상 제일 먼저 묻는 말이 있다.

"내 예쁘나?"

"응, 예쁘다."

이런 대화가 습관이 된 남편은 어느 날은 물어보지도 않았는데 이런다.

"응, 예쁘다."

우리는 서로를 바라보고 웃었다. 남편의 발도 씻어주고, 잘하지는 못하지만 남편을 위해 밥을 짓고, 반찬 만드는 것이 행복했다.

드디어 결혼식 날이 다가왔다. 그런데 입덧이 시작됐다. 결혼식 하던 날 속이 좋지 않아서 주례하는 내내 힘들었다. 주례사는 예상보다 길었다. 신혼여행 후 비디오를 보니 내 입이 한 다발 나와 있었다. 결혼 식뿐만 아니라 계속 좋지 않은 입덧 때문에 즐겁지가 않았다.

흔히 신혼여행 다녀오면 행복 끝, 불행 시작이라는 말을 한다. 난 신혼여행을 시작하기 전에 행복하지가 않았다. 사랑하는 남편이 귀찮을 만큼 컨디션이 좋지 않았다. 신혼여행은 제주도로 갔고, 호텔은 A급으로 했는데, 환경이 별로 좋지 않았다. 맘에 드는 것이 없었다. 몸이 불편하니 다른 것도 더 좋지 않게 보였던 것 같다. 신혼여행에서 가장 행복해야 하는데, 인상 쓰는 내가 남편도 좋았을 리 없었을 것이다. 그래도 남편은 즐겁게 해주려고 농담도 하고 재미있는 얘기도 해주며 노력했다. 그런 모습이 안쓰러웠다. 나도 불편하지만 최대한 남편에게 맞추려 했다.

그렇게 신혼여행이 시작됐다. 단체 관광이었으므로 다른 신혼부부들도 함께했다. 우리 부부를 보고 부부가 아니라 남매 같다고 했다. 그 말이 듣기 좋았다. 여러 부부들이 같은 관광버스를 타고 다녔다. 두 번째 날 재미있는 일이 있었다. 구경하고 버스를 타려는데 우리가 타야 할 버스가 떠나고 없었다. 할 수 없이 다른 버스를 타고 목적지에 갔다. 거기서 버스를 탔는데, 아마 다른 신혼부부가 우리 자리에 앉는 바람에 얼굴을 잘 모르는 가이드가 인원수만 확인하고 그냥 갔던 모양이다.

돌아가면서 인사하는 시간이 있었다. 남편은 "우리를 놔두고 가뿌갖고" 하면서 경상도 사투리로 시작했다. 차 안이 온통 웃음바다가 되었다. 남편은 유쾌한 사람이었다. 신혼은 생각만 해도 좋다. 무슨 말을 해도 즐거울 때다. 그 사건 이후로 우리는 인기 부부가 되었다. 입덧으로 힘들었지만, 평생 한 번뿐인 신혼여행인데 망치고 싶지 않았다.

힘들었던 2박 3일의 여행이 끝나고 집으로 돌아왔다. 계속되는 입덧에 밥도 할 수 없었다. 남편의 고생이 시작됐다. 남편이 밥도 하고 자상하게 집안 살림을 불평 없이 잘했다. 사랑스러운 남편이었다. 자가용이 없어서 출근할 때 대중교통을 이용했다. 입덧 때문에 한 번에 직장에 갈 수가 없어서, 우리는 중간에 몇 번씩 내렸다. 남편은 싫은 기색도 않고 옆에서 보조를 해줬다. 남들은 몇 개월이면 입덧이 끝나는데, 나는 10달 동안 지속되었다. 할 수 없이 집 근처로 우체국도 옮겼다. 내가 먹을 수 있는 건 과일밖에 없었다. 10달 동안 제철 과일만 먹었다. 먹은 것이 없으니 살도 안 찌고, 남들이 임신한 것도 모를 만큼 배가 안 불렀다. 입덧 덕분에 남편이 살림을 하게 되었지만, 난 그저 당연한 듯 받았고 행복했다. 남편이 힘든 것은 생각하지 못하고, 내 몸 힘든 것만 생각하는 철부지 막내였다.

1년이 지나고 결혼기념일 아침이었다. 출근하려고 엘리베이터를 탔는데, 바로 옆에 서 있는 남편의 키가 작아 보였다.

"자기 키가 왜 이리 작노?"

"원래 작은데."

그동안 남편의 키가 작은 줄 몰랐다. 친정식구들이 키가 작다고 반대한 그 말이 결혼 1년이 지난 후에야 생각났다.

'눈에 콩깍지 낀다는 것이 이런 거구나.'

그래도 콩깍지 덕분에 행복했다. 영원히 콩깍지가 벗겨지지 않으면 얼마나 좋을까. 그래도 지금도 미남으로 보이는 것은 변함없이 그대로다.

아름다운 신혼?

결혼하기 전에 임신하고 입덧을 10개월 동안 했다. 나이가 어린 탓도 있었겠지만 임신은 우리에게 기쁨이 아니었다. 양육, 직장 등 아무런 계획도 없이 임신한 것이다. 아무런 대책도 없이 아이는 생겼고, 애어른이 되었다.

산부인과를 작은언니가 다니던 곳으로 정했다. 밤 10시쯤 진통이 왔다. 나는 밤에 남편과 함께 산부인과에 입원했다. 아침 7시 13분 출산하기 전에 남편과 같은 방에서 산통을 앓았다. 나는 기억이 없는데 남편은 내가 욕을 했다고 한다. 무슨 욕을 했을까?

아침에 분만실에 갔는데 의사 선생님은 등산 가고 간호사밖에 없었다. 남편은 의사 선생님이 안 계셔서 불안했는지 간호사한테 화를 많이 냈다. 할 수 없이 간호사가 애를 받았고, 무사히 출산을 했다. 남편이 화를 많이 냈더니 출산 후 아들인지, 딸인지 처음에 알려주지 않았다. 우리는 무사히 아들을 낳았다. 아이를 낳아서 기뻐야 하는데 마냥 기뻐할 수만은 없었다. 애기를 봐줄 사람은 없고, 출근은 해야 하고….

며칠 후 퇴원을 했다. 간호해줄 사람이 없어서 남편이 해야 했다. 남편이 출근하면 혼자서 애를 봐야 하니 몸조리를 제대로 할 수 없었다. 그래도 사랑하는 남편이 있으니 맘이 든든했다. 남편이 퇴근길에 임산부에게 좋다면서 살아 있는 가물치를 사왔다. 싱싱해서 파닥파닥 뛰었다. 한 번도 해본 적이 없는데도 부엌에서 나를 위해 음식을 장만하는 모습이 사랑스러웠다. 남편은 오랜 시간을 들여 가물치를 끓여 한 그릇 차려주었다. 고맙고 행복했다. 성의를 봐서라도 먹어야 되는데, 냄새도 나는 것 같고 비위가 상해서 결국 남편이 먹었다. 생각하면 지금도 흐뭇하고 좋은 남편이었음을 인정한다.

시부모님은 안 계시고, 형님 집은 과일가게를 했다. 명절이 되면 남편과 아주버님 가족들 모두 배달하느라 바빴다. 애를 낳고 한 달쯤 뒤에 설날이 되었다. 설 일주일 전에 가게를 봐달라고 미리 오라고 했다. 추운 겨울인데 형님 집은 수도꼭지에서 물이 바로 나오지 않고, 웅덩이 같은 데서 물을 떠먹어야 되는 환경이었다. 몸도 좋지 않은데, 얼음을 깨서 물을 떠 밥을 짓고 하니, 무리가 됐는지 하혈을 했다. 형님이 놀라서 우리 집으로 가라고 하는데, 미안해서 갈 수가 없었다. 무사히 명절을 형님 집에서 보내고 집으로 왔다.

며칠 후 출근해야 될 때가 왔다. 지금은 3개월 '특휴'에 휴직까지 사용하는 경우가 대부분이지만, 그 당시는 2개월의 특휴도 보름 앞당겨 출근했다. 나는 같은 동네 사는 아주머니에게 아이를 맡기고 출근했다. 맘이 편치 않았다. 아이는 잘 컸지만, 밤낮이 바뀌었다. 며칠은 참았는데, 계속 밤에 잠을 안 잤다. 그러자 우리는 피곤이 극에 달했다. 방이 두 개면 번갈아 보면 되는데, 방이 하나밖에 없다 보니 깨면 같이 깨야 했다. 그러니 밤에 잠을 잘 수가 없었다. 하루는 우는 아이를 가운데 두고 우리도 같이 엉엉 울었다. 엉엉 울다가 둘이 쳐다보고 또 웃었다. 우리는 아직 젊었다. 할 수 있다고 서로를 위로하고, 다시 아이를 달래고, 양쪽 옆에 누워서 자장가를 불렀다. 아침이 되면 우리는 언제 그랬냐는 듯이 출근했다.

엘리베이터에서 "내 예쁘나?" "응, 예쁘다" 이 말을 해야 하루가 간다. 지금 생각하면 이 대화가 우리를 오랫동안 친하게 해주는 원동력이 아니었나 하는 생각이 든다. 우리는 출근할 때 손잡고 다녔다. 출산 전에는 회식이 있으면 직장이 다른데도 눈치 없이 서로의 회식에 따라갔다. 직장 사람들이 당연히 오는 줄 알고 있었다. 입덧을 하고 힘은 들어도 우리는 여전히 사랑하는 사이였다.

직장에서도 남편 얘기를 많이 했고, 입만 열면 남편 자랑이라고 그만하라는 직원도 있었다. 우리는 둘 다 늦둥이였다. 그러다 보니 형제들과 나이 차이도 많고 외롭게 자라서인지, 우리 둘은 어느 누구보다 친했다. 아이 낳기 전에는 입덧으로 인해 남편이 힘들었고, 출산 후에는 육아로 같이 쉽지 않은 생활이었는데, 우리는 아침만 되면 언제 그랬냐는 듯이 행복하게 출발했다. 술이 남편을 먹기 전에는….

아이 키우는 일은 만만치 않았다. 우리 아이는 '경기'를 한번씩 했다. 어쩌다 한번 하는 경기지만 아주머니들이 겁이 나서 봐주지 않으려 했다. 직장에 있는데 아주머니에게서 전화가 왔다.

"다운이 엄마, 낼부터 애를 봐줄 수 없으니 다른 데 알아봐요."

"네? 낼 출근해야 하는데, 낼까지 봐주시면 안 되나요?"

"안 돼요. 낼 안 되니까 그렇게 알아요."

하고 끊어버렸다. 예전에는 토요일도 출근했다. 출근해야 하는데 갑자기 아이를 못 봐주겠다고 하니 앞이 캄캄했다. 그때는 연가 하루 받는 일이 쉽지 않았다.

그러던 중에 아이가 폐렴에 걸렸다. 병원에 입원했는데 도저히 연가 받겠다는 소리가 나오지 않았다. 병원에 입원시켜놓고 걱정이 태산이었다. 역시 남편은 구세주였다. 남편이 휴가를 받아서 아이를 돌봐줬다. 남편은 내가 힘들어하면 해결해주는 따뜻하고 희생적인 남편이었다. 퇴원 후 인근에 아이를 맡길 데가 없어서 용호동에 있는 막내시누이 집 근처에 아이를 보냈다. 막내시누가 있어서 아이를 돌봐줄 수 있을 것 같아, 집에서 멀지만 그쪽으로 선택했다. 며칠 뒤 그게 잘못된 선택이라는 걸 알았지만, 이미 결정된 후라서 어쩔 수가 없었다. 나중에 알고 보니 아이를 맡은 집은 부부가 이혼하기 직전의 집이어서 환경적으로 좋을 수 없었다. 시누 또한 바빠서 아이를 돌봐주지 못했다.

멀어서 일요일 저녁에 데려다주고, 토요일에 데리고 왔다. 추운 겨울이었다. 두꺼운 옷을 입혀서 데리고 가는데, 집에 들어가면 남편이 깬다고 옷을 벗기지 못하게 했다. 방이라서 답답할 텐데 두꺼운 옷을 계속 입고 있을 아이를 생각하니 발걸음이 떨어지지 않았다. 그래도 어떻게 할 방법이 없었다. 나는 울었지만, 남편은 남자라서 울지도 못하고 맘이 아팠을 것이다. 남편은 힘들어도 표현하지 않는다.

몇 개월 후 집 근처로 아이를 데리고 왔다. 대단지 아파트인데 놀이방이 하나밖에 없었다. 그래도 멀리 있는 것 보다는 좋을 것 같았다. 우리는 출근을 빨리 하는 편이었다. 직장생활에 충실하다 보니 어쩔 수가 없었다. 아이를 놀이방에 데려다주러 가면 우리가 1등이다. 놀이방 선생님은 어떤 날엔 얼굴에 팩을 붙이고 있다. 아직 걷지도 못하는 아이를 받아줄 생각도 않고 "거기 두고 가세요" 하고 물건 취급하듯 한마디만 하고 얼굴에서 팩을 뗄 생각을 않았다. 아이가 무서울 텐데….

우리는 출근하면서 아무 말도 않고 나왔다. 할 말이 없었다. 말은 하지 않지만 마음으로 서로에게 위로의 말을 했다. 눈빛만 봐도 무슨 말이 하고 싶은지 알 수 있었다. 출근하고 나면 우리는 아들 생각을 잊어버리고 업무에 집중한다.

회식이 있는 날이었다. 남편한데 꼭 다운이를 부탁한다고 몇 번이나 다짐을 받았다. 아이 데리러 갈 시간인데 어린이방 선생님한테서 전화가 왔다.

"다운이 어머니. 시간이 지났는데 안 오십니까?"

"남편이 갈 텐데 조금만 기다려주세요."

한참 뒤 다시 전화가 왔다.

"다운이 아빠 아직 안 오시네요."

나는 밥이 코로 가는지 입으로 가는지 모르게 먹고 양해를 구한 뒤 어린이집으로 데리러 갔다. 어린이방 문은 잠겨 있고 경비실에 아이가 앉아서 기다리고 있다. 겨울이라서 난로를 피워 안은 후끈후끈한데, 아이는 점퍼 모자를 눌러쓰고 눈도 보이지 않은 채 꼼짝 않고 앉아 있다. 가슴이 무너져내렸다. 집에서 남편을 기다렸다. 새벽 2시쯤 술에 취해서 들어왔다.

"도대체 뭐하는 사람인데?"

대답도 않고 방에 들어가서 자는 척한다. 자고 일어나면 난 잊어버린다.

출근해서 업무 중에 모르는 것이 있어 남편에게 전화를 했다.

"여보세요, 낸데, 있잖아…."

"어, 뭔데. 얘기해봐라."

"아, 참, 우리 어제 싸웠재? 끊는다."

기억력이 고장 났는지 매번 우리는 싸우고도 언제 그랬냐는 듯이 또 이렇게 끝난다.

우리는 그렇게 함께 살기로 했다

신혼여행 첫날밤 주고받은 말이다.

"돈 아끼지 말고, 먹을 거 먹고, 살 것 사고, 하고 싶은 거 다 하고, 남는 거 있으면 저금하자. 돈 아낀다고 애쓰지 말고."

"그래, 그러자."

우리는 그렇게 함께 살기로 했다.

사랑하는 사람이 옆에 있으니 남부러울 것이 없었다. 몸은 힘들어도 맘은 행복했다. 비록 아무것도 없이 시작했고 아이 양육 문제로 힘든 부분도 있었지만, 어차피 우리가 해야 할 일이었다. 우리 사랑은 남들과 비교하지 않는 오로지 둘만의 사랑이었다. 울어도 같이 울고, 웃어도 같이 웃었다.

나는 25살에 결혼했다. 친구들 중에 내가 가장 빠르다. 1년 뒤 친구 한 명이 결혼했다. 우리는 아이도 있고 음식도 못 해서 친구들 집들이도 못 했다. 친구는 결혼 후 조금 있다가 친구들을 초대했다. 친구 집에 가는 그 순간부터 내 불행이 시작됐다. 32평짜리 아파트였다. 가구도 없는 것이 없었다. 친구 부부는 대학 동기다. 친구 남편은 키도 크고 얼굴도 잘생겼다. 집들이 동안 웃고 떠들 었지만 내 마음은 불편했다. 친구들을 집으로 초대하지 않은 것을 다행으로 생각했다. 집으로 돌아오면서 우울했다. 자존심도 상하고 갑자기 남편이 미워졌다. 남편은 이유도 모르고 지금까지 와는 다른 나를 보게 되었다.

"와 그라는데?"

"몰라. 치, 아무것도 안 가지고 빈 몸으로, 그래 자신 있나?"

이것을 시작으로 계속 친구와 비교를 했다. 솔직히 남편이 아무 것도 해오지 않았지만, 내가 한 것도 400만 원 전세와 얼마 되지 않는 가구밖에 없었다. 그런데 나는 남편한테 안 좋은 소리만 했 다. 결혼했으니 친구들을 초대해야 하는데 엄두가 나지 않았다. 한 푼도 없이 대출받아 아파트로 옮기기로 했다. 아파트 17평에 2,500만 원이었다. 아무 생각 없이 친구를 초대하고 싶은 마음에 무리한 것이다. 이사하고 나니 좋았다. 앞뒤 계산은 않고 눈 앞에 보이는 것만으로 좋았다.

시골에 살다 보니 나는 화장품이라는 것을 몰랐다. 대학교 1학 년 때 화장실에서 친구는 얼굴에 뭔가를 바르고 있었다. 예쁘게 생긴 친구인데, 뭔가를 두들기면서 바르고 나니 얼굴이 하얗고 더 예뻐 보였다. 신기했다. 궁금한데 물어볼 수가 없었다. 지금은 무엇이든지 궁금하면 물어보는데, 그때는 묻는 게 창피했다. "야, 그게 뭔데?" 이 한마디면 되는데 자존심이 뭔지….

초가집, 호롱불에 살 때도 불행하다고 생각해본 적이 없다. 부모님이 폭력적으로 싸울 때도 내 인생에 대해 다르게 생각한 적이 없다. 비교 대상이 없었기에 내 눈에 보이는 것이 인생이고, 다른 사람은 없었다. 초가집에서 슬레이트 집으로 이사하면서 두 배로 기뻤고, 친구들을 초대하기까지 했다. 새 집인데 태풍이 불어 부엌 반까지 물이 차고 연탄이 다 젖어 자다가 깨서 피난까지 갔지만, 그것 때문에 우울한 적은 없었다.

또 한 번 친구와의 비교가 날 기분 좋지 않게 만들었다. 부모님이 치과 병원을 운영하는 친구가 있었다. 그 친구가 생일이라고 초대했다. 선물을 갖고 가고 싶은데 돈이 없어서 내가 쓰던 노트를 갖고 가기로 했다. 노트를 보니 '국어'라고 적혀 있었다. 적힌 글씨를 지우개와 물로 지우다 보니 노트 윗부분이 벗겨져서 선물로 주기가 망설여졌다. 하지만 다른 방법이 없어서 가지고 갔다. 친구 집은 우리 집과는 달랐다. 들어가니 입구와 거실부터 우리집 전체 크기보다 컸다. 꿈을 꾸는 것 같았다. '우와, 이런 집도 있었구나.'라고 생각했다. 그때부터 불행은 시작된 것이다.

원인은 비교에서 왔다. 친구가 좋은 게 있으면 나도 사고 싶었다. 내 삶보다 친구 삶을 부러워했다. 없는 형편에 엄마한테 도시락 반찬 투정을 했고, 엄마는 막내딸이다 보니 원하는 대로 해주려고 애쓰셨다. 행복했던 시절은 어디 가고 서서히 비교가 시작되었고, 그것이 결국 내 삶을 불행하게 만든 것 같다. 비교는 필요 없는 에너지 낭비다. 행복한 삶을 불행하게 만든다. 이것을 깨닫는 데 오래 걸렸다. 하지만 지금도 남들과 비교하며, 때로는 불행하고 때로는 행복하다. 어리석은 줄 알면서도 잘되지 않는다.

고등학교 때는 택시 운전하는 언니의 동전을 매일 몰래 500원씩 가지고 나가서 친구들에게 인심을 썼다. 나는 친구들에게 부잣집 딸이었다. 직장에 다닐 때도 언니가 아침마다 회사 정문까지 택시로 데려다줬다. 그것을 보고 어느 날 계장님이 말했다.

"강 양은 집이 부자인갑네."

나는 무슨 말인지 몰랐다.

"매일 택시로 출근을 하데."

그러고 보니 출근할 때 본 모양이다. 오래 지켜보다가 물으신 것이다. 이렇게 늘 부자인 척, 잘난 척하며 지냈다. 사랑하는 사람과 결혼할 때만 해도 마냥 행복했다. 몸이 하는 고생은 고생인 줄 몰랐다. 그런데 결혼한 친구를 보면서 나의 어릴 때 초 감정이 발동한 것이다. 어떤 인생이든지 내가 걸어가고 내게 맞는 것을 찾아서 살아야 하는데, 남에게 보이기 위한 삶이 시작되었다. 무리해서 이사하고, 아이를 용호동까지 데려다주는 데 택시를 이용했다. 또 바로 옆집에 시누이가 사는데 맨손으로 갈 수가 없었다. 아기 보는 집, 시누이 집에 과일을 사들고 다니다 보니, 월급으로 부족했다. 나의 비교 때문에 무리해서 힘들긴 했지만, 우리는 부족함 속에서도 서로를 바라보며 든든한 지원군이 되었다. 남편은 늘 변함없는 내 편이고 사랑하는 사람이었다.

우리 부부는 직장에 나가면 철저하게 남이었다. 처음부터 신규자 동기여서 그런지, 남편이라는 생각을 별로 하지 못하고 지냈다. 같이 회식할 때 부부 얘기를 한참 하다 보면 남편이 그 중의 한 사람으로 있었다. 남편은 내 눈에 미남이다. 키만 빼고 목소리까지 좋다. 남편과 같이 있는 것만으로도 좋았다.

결혼하고 아들을 낳았는데 쌍꺼풀이 없었다. 형님한테 물었다.

"나도 속 쌍꺼풀이 있고 남편은 쌍꺼풀이 큰데, 왜 아들은 쌍꺼풀이 없지요?"

"동서, 모르나? 쌍꺼풀 병원에서 한 거다 아니가."

남편은 고등학교 때 눈썹이 눈을 찔러서 안과에 가서 쌍꺼풀 수술을 했다고 한다. 쌍꺼풀이 수술한 것 같지 않고 눈, 코, 입 등과 조화가 맞다. 처음 이 말을 듣는 순간 기분이 별로 좋지 않았다. 하지만 금세 잊어버렸다. 왜냐하면 여전히 내 눈에는 남편보다 미남은 안 보이니까….

우리는 천생연분이었다. 그런데 어느 날 남편이 직원에게 이런 말을 했다.

"있잖아. 결혼할 때 이렇게 생긴 사람하고 절대 하지 마라. 처음에는 천사였는데 지금은 완전히 변했다. 속고 결혼하면 안 된데이."

나에게 농담이라고 했지만, 그 말이 머릿속에서 떠나지 않았다. 안 좋은 소리를 들으면 반복해서 되새긴다. 그래서 더 기분이 많이 상하고 심하면 보기 싫어지는 것 같다. 농담 속에 진담이 있다는 말이 생각났다.

'평소에 남편은 날 이렇게 생각하고 있구나.'

생각해보니 내가 변하기도 많이 변했다. 남편을 위해주는 척하면서, 모든 것을 내 위주로 살았다. 남편의 의견이 아니라 내 뜻대로 했다. 남편은 한번도 반대하지 않고 잘 따르고 도와줬다. 늦둥이 막내인 것은 남편도 마찬가지다. 남자들은 대부분 '엄마'를 원할 수도 있는데, 나는 남편에게 '막내딸'이기를 바랐다. 그렇게 하는 것이 잘못된 것인 줄 알면서 습관이 되었다. 습관은 과거에 잘못된 행동이 지속되는 것이라고 한다. 잘못된 습관을 스스로 고치지 않으면 내 생활이 변화를 가져오기는 힘들다. 그런데 남편은 불평하지 않았고. 또 시간이 흘러갔고, 우리는 그렇게 함께 살기로 했다.

철가방 들고 오던 날

아파트로 이사하고 한달 정도 지난 후 친구들을 불러서 집들이를 하기로 했다. 아무것도 준비 안 된 상태에서 친구들을 초대해서 암담했다. 요리라고 해본 적도 별로 없고, 엄마가 계신 것도 아니니 어디 부탁할 곳도 없었다. 남편과 같이 서점으로 갔다. 요리책을 한 권 사서 어떤 음식을 만들 것인지 적었다. 마트에 가서 재료들을 샀는데, 한 사람 월급을 다 소진할 정도로 샀다. 둘이서 소꿉장난하듯 준비된 재료로 하나씩 만들었다. 생각보다 잘 만들어졌다. 레시피대로 만들어서 차렸더니 그럴 듯했다. 친구 9명이 왔다.

"우와…, 요리사 불렀나?"

"아니, 직접 만들었는데…"

얘기하면서 왠지 우쭐했다. 맛도 그런대로 괜찮았다. 우리는 1박 2일의 계획이 없었는데, 재미있게 놀다 보니 같이 자게 되었다.

그런데 새벽 6시쯤 일어났는데 남편이 보이지 않았다. 어디 갔는지 아무리 찾아도 없어 궁금해하던 찰나 남편이 들어왔다. 손에 철가방을 들고 있었다.

"이게 뭐지?"

"응, 아침."

"어디서 났는데?"

"식당에서 해왔지."

그러면서 철가방에 있는 음식을 차리는 것이다. 어떻게 된 일인지 물어보니, 내가 음식을 잘할 줄도 모르고, 아침에 일어나면 먹을 게 없기 때문이란다. 남편은 일찍 나가서 아침을 하는 식당을 찾았는데, 없어서 어느 식당 문을 두드려 주인을 깨웠다고 한다. 사정을 얘기하고 식당 주인과 함께 음식을 만들어서 배달하는 철가방에 넣어서 들고 온 것이다.

나뿐만 아니라 친구들도 감동이었다. 결혼 안 한 친구들은 남편 동생 있으면 소개시켜달라는 농담까지 주고받는다. 남편 덕분에 많은 화젯거리로 즐거운 아침을 맞았다. 아침을 먹고 또 우리는 한참 이야기꽃으로 즐거웠다. 남편 덕분에 하루가 행복했다. 아무것도 중요하지 않았고, 그런 남편이 있다는 것만으로도 행복했다. 여전히 남편은 지금이나 그때나 좋은 사람이었다. 그런 남편에게 받기만 하고 주지는 못했다.

남편은 결혼하기 전에 어머니로부터 '남자는 부엌에 절대로 들어가면 안 된다'는 말을 듣고 컸다고 했다. 늦둥이로 태어났지만 남편은 시골에서 나무도 베고 쇠풀도 뜯어 먹이고, 바깥심부름을 많이 하며 자랐다. 귀하게 자라지는 않았지만, 아마 어머니로부터 그런 말씀을 많이 들은 듯하다. 하지만 남편은 그런 말에는 아랑곳 않고, 내가 입덧을 하니 집안일을 시작했다. 그렇게 시작한 집안일이 거의 자기 일처럼 되어버렸다. 그래도 불평 없이 해냈다.

명절날 아주버님 집으로 간다. 우리는 하루 전에 일찍 가서 과일가게 하는 형님을 돕는다. 과일가게에 다 나가 있으니 집안일은 내가 한다. 제사 음식을 자주 하는 것도 아니어서 할 때마다 걱정이 됐다. 한번은 일찍 가야 하는데 사정이 있어서 오전 10시쯤 가게 됐다. 형님은 애가 보고 있는 데서 늦게 왔다고 아이들 나무라듯 큰 소리로 질책했다. 성격 좋은 남편도 기분이 언짢은 모양이었다. 우리는 명절날 다른 집처럼 가족끼리 마주하고 즐겁게 지내지 못한다. 밥도 차례로 들어와서 먹는다. 서먹서먹하게 각자 일을 하다가, 아침에 제사 지내고 나면 바로 집으로 온다. 식사도 끝나기 전에 아주버님은 먼저 가게로 나간다. 명절날 일하기 싫어서보다는 이런 분위기 때문에 큰집에 가기 싫은 게 사실이다. 나는 음식을 잘하지는 못하지만, 음식의 간은 잘 맞추는 편이다. 제사 음식도 한번씩 하는 것이지만 나름대로 적어놓고 잘 차린다고 생각한다. 그런데 형님은 음식 탓부터 제사 끝날 때까지 나무라기만 한다. 우리는 도저히 참을 수가 없었다. 지금 같으면 이해하고 넘어갔을 수도 있는데 그때는 상황을 이해하기도 힘들고 이해하기도 싫었다. 집으로 돌아오는 길에, 남편이 먼저 화를 냈다. 화낸 적 없는 남편이었다.

"이 집에 다시는 안 온다."

이렇게 얘기하는 남편을 설득해야 하는데, 그러고 싶지 않고 오히려 좋았다. 철없는 부부는 그렇게 2년을 시댁에 가지 않았다. 가지 않은 동안 늘 불안했다. 이 일이 있기 전에 한 가지 일이 더 있었다. 지금 생각하면 내가 잘못한 일이다. 하지만 그때는 서운하기만 했다.

아주버님 생일날을 깜빡했다. 형님한테 전화가 왔다. 어떻게 결혼하고 처음 있는 아주버니 생일을 잊을 수 있냐는 것이다. 미안했다. 하지만 미안한 마음은 순간이고, 오히려 서운한 생각이 들었다. 결혼하고 첫 생일인 남편과 내 생일은 하나도 안 챙기면서, 아주버님 생일만 챙기는 것이 더 서운했다. 이런저런 일이 있다 보니 가기 싫었다. 큰시누에게서 전화가 왔다. 큰시누이는 연세도 많고 좋은 분이다.

"와, 서운한 거 있나?"

야단도 안 치고 이렇게 말씀하셨다. 우리는 자초지종을 얘기했다.

"그래도, 니들은 동생 아이가, 형님은 그동안 시어머니 밑에서 고생 많이 했다. 너거가 이해하고 받아들여라."

시누이 말씀이 이해되기도 하고, 시간도 어느 정도 흘렀다.

"알겠습니다. 형님, 이번 기일 때 가겠습니다."

기일 날 시댁 아주버님 댁으로 갔다. 아주버님과 형님은 "왔나?" 이 말씀만 했다. 전화했던 시누는 웃으면서 "앞으로는 잘 지내라" 하셨다. 그리곤 아무 일 없었던 듯이 하루를 보냈다.

제사 날엔 시누이 4명이 다 온다. 직장 다니는 핑계로 저녁에 가면 큰형님이 음식을 해놓는다. 내 담당은 설거지다. 제사가 끝나면 마무리 설거지를 하고 집으로 돌아오는데, 새벽 3시쯤 된다. 그때는 하루쯤 잠을 자지 않아도 다음 날 업무에 별로 지장이 없었다. 남편만 옆에 있으면 안 되는 것도 없고 불편한 것이 없었다. 남편은 내가 하는 말에 거절이 없었다. 그냥 참고 넘어간 것인지, 아니면 내 결정이 옳다고 생각한 것인지, 그때도 지금도 알 수가 없다. 중요한 것은 남편은 여전히 맘 좋고 든든한 내 남편이라는 것이다. 직장, 가정 둘을 챙기다 보면 솔직히 이것저것 따져보고 할 시간도 없었다. 좋은 것도, 안 좋은 것도 오래 기억에 남겨둘 수가 없었다. 기분 나쁘더라도 출근해서 움직이다 보면 금세 잊혀졌다.

5년 정도 남편과 같이 다니다가 어느 순간부터 각자 회식 자리를 가졌다. 회식 자리에서 늘 마지막 말은 남편 자랑으로 끝난다. 하고 싶어서 한 것도 있지만, 어느새 자랑이 습관이 되어버렸다. '욕하는 것 같은데 칭찬으로 끝난다'는 것이 직원들이 내게 하는 말이다. 그런 내가 좋았다.

내겐 철가방을 든 남편이 머릿속에 있다. 그때 생각만 하면 흐뭇한 미소가 떠오른다. 세상에서 우리 남편만이 할 수 있는 일이고, 잊지 못할 추억이다. 철가방의 남편을 세월이 많이 흘렀는데도 잊을 수가 없다.

기초생활 수급자

엄마와 살던 집에서 신혼을 시작하고 나서 며칠 후 동사무소에서 전화가 왔다.

"여보세요, 거기 박상천 씨 댁인가요?"

"네, 맞는데요."

"연탄과 쌀이 나와 있으니 찾아가세요."

"아니요, 엄마 돌아가셨어요. 다른 사람들 주세요."

그리고 전화를 끊었다. 그런데 다시 전화가 왔다.

"엄마 안 계신다고 말씀드렸는데요."

"그냥 나왔으니까 받아가세요."

우리는 "네." 하고는 찾으러 가지 않았다. 전화를 받고 나니 친정엄마 생각이 났다.

내가 고등학교 때의 일이다. 다락방이 있었다. TV를 다락방에 올려놨는데, 어느 날 TV가 없어졌다. 나 혼자 있을 때 가스 검침이라며, 가스도 사용하지 않는데 어떤 아저씨가 와서 무언가 물어봤다. 난 아무 생각 없이 대답했다. 저녁에 외출하고 돌아오니 TV가 없어졌다. 우리 집에는 TV말고는 가져갈 게 없었다. 아무것도 없는 집이라 문을 열어놓고 다녔는데, 다락에 있는 TV가 없어질 거라고는 생각도 못 했다.

'우리 집에도 가져갈 게 있었구나.'

TV가 없어서 주인집에 가서 가끔씩 보다가 어렵게 구입한 TV, 엄마와 나는 '멘붕' 상태였다.

우리는 아무것도 없었지만, 갖추지 못한 것에 대한 불만은 없었고, 하나씩 구입하면서 행복해했다. 내가 살던 집은 다세대 주택이었는데, 다 같이 소통하며 가족처럼 살았다. 엄마가 돌아가시고 한참 동안 실감나지 않았는데, 동사무소의 전화 한 통이 엄마와의 추억과 생각으로 간절하게 만든다.

엄마는 내가 학교에서 돌아오면 양말 하나까지 손수 다 빨아주고 새 옷을 입혀주셨다. 엄마는 얼마나 부지런하신지, 우리 집에 놀러온 오빠 친구의 운동화가 지저분하면, 벗어놓고 들어간 사이 씻어버려서 오빠가 당황스러워한 적도 있다. 옛날엔 다 그랬겠지만, 우리 엄마는 오빠만 바라보시던 분이다. 나는 갈치를 좋아하고 오빠는 꽁치를 좋아했다. 지금은 갈치가 비싸지만, 그때는 꽁치 가격이나 갈치 가격이 차이 나지 않았다. 그런데도 한 번도 갈치를 상에 올린 적이 없다. 감자나 고구마를 삶으면 다른 그릇에 오빠는 2개, 나는 1개, 이렇게 나눠서 줬다. 어린 마음에 서운했는지, 엄마에 대한 이런 기억이 아직 마음에 남아 있다. 우리 엄마, 하면 아직까지 이런 게 먼저 떠오른다.

결혼한 이후 나에게는 남편밖에 없었다. 같이 지내온 날은 오래되지 않았지만, 어릴 때부터 같이 지낸 형제들보다 더 편하고 좋았다. 보통 사람들은 친정이 '기초생활 수급자'라는 사실을 남편에게 숨기고 싶어 할지도 모른다. 그런데 우리는 숨길 이유도 없고, 서로 트집 잡을 이유도 없었다. 우리 부부는 비밀이 없다. 비밀을 만들 필요도 없었다. 돈도, 약속도, 내 과거도….

친구들은 남편 몰래 돈 쓸 일이 있을지 모르니 비자금을 만들어야 한다는 얘기를 들은 적이 있다. 하지만 우리는 그럴 필요가 없었다. 출처를 따지지 않고 그냥 썼다. 사람과의 관계도 남자든 여자든 스스럼없이 지냈다.

결혼하고 얼마 되지 않아서 대학교 다니던 시절, 야간 교사를 같이 하던 친구 둘이 우리 신혼집에 놀러왔다. 친구 중 1명은 남자고 1명은 여자다. 방이 하나밖에 없어서 우리는 4명이 같이 잤다. 남편이 이해했다. 남자 친구는 지금도 연락하고 지낸다. 지금은 J대 교수로 재직한다.

2년 전에는 친구의 별장에 가족들 모두가 놀러갔다. 친구와 밤새 얘기도 하고 재미있게 놀기도 했다. 큰아들 대학 입학 전에는 남자 친구한테 가서 상담받은 적도 있다. 물론 남편이 가서 상담하라고 먼저 권유했다. 남편은 무엇이든 날 믿어주는 사람이다.

양쪽 부모님이 안 계시고 형제들 간의 나이 차이도 많다 보니,

솔직히 가족이지만 어렵다. 우리는 둘이 의지하며 오누이처럼 잘 지냈다. 우리는 알뜰하게 돈을 모으고 싶다는 생각도 없었다. 아이 둘을 키우다 보니, 저축할 돈도 없었다. 우리는 무계획이 계획이었다. 아이를 키우느라 힘들기도 했지만, 누구나 힘든 일은 있다고 생각했다. 세상 사는 삶은 누구나 마찬가지일 거라고 생각했다.

우리는 어릴 때 둘 다 시골에서 쇠풀을 먹이고 나무 땔감을 찾아서 다녔다. 늦둥이다 보니 형제들 간에 나이도 많고, 살아온 환경이 비슷하다. 첨부터 함께 할 수밖에 없었던 가족으로 느껴졌다.

직장생활한지 얼마되지 않아 결혼했다. 직장생활이 오래될수록 집보다는 직장에 치우치게 되고, 내 가족보다는 다른 사람들이 눈에 보였다. 결혼하기 전에 일찍 돌아가신 부모님, 형제들도 뿔뿔이 흩어져 사는데다가 함께 여행을 하거나 가족모임을 한번도 해 본적이 없는 환경이 가족들에 대한 소중함을 느낄 수 있는 시간을 빼앗아 버린 것 같다. 우리 맘속에는 가족으로부터의 그런 소원함이 자리잡고 있었다.

둘만 있으면 다 된다고 생각했던 마음도 서서히 없어지고, 가정보다는 바깥 생활이 중심이 되었다. 아이도 직장생활에 걸림돌이 되었다. 순수하던 마음이 하나씩 사라지고, 말 그대로 세상의 물이 스며들기 시작했다. 얼굴만 쳐다봐도 좋고 세상을 다 얻은 것 같은 마음은 온데간데 없고, 그저 당연히 같이 있는 사람으로 전락해버렸다.

남편 차를 타고 가면서 CD로 '김윤경'이라는 분의 강의를 들었다. 꿈에 대한 얘기였다. 꿈을 왜 꾸기 시작했는지, 꿈을 실현하기 위해 실천하고 있는 일, 앞으로의 계획 등의 내용을 담고 있었다. 아이들과 함께 보물 상자를 만들고, 아이들이 엄마를 보고 배울 수 있는 환경과, 꿈을 하나씩 실현하는 삶의 과정의 강의를 듣고 부러웠다. 강사의 얼굴도 모르고 어떤 일을 하는지도 모르는데, 잠깐의 강의를 듣고 나의 롤모델이 되었다.

아이를 키우는 엄마로서도 최고였고, 본인의 꿈을 찾아 계획대로 하나씩 실천하는 모습이 날 빠져들게 했다. 남편에게 눈을 부릅뜨는 아이를 보고 "사랑하는 사람에게 어디 눈을 부릅뜨고! 나는 내가 사랑하는 사람에게 그렇게 하는 것은 못 참는다!"라고 얘기했다는 말에 우리가 신혼 때 했던 말이 기억난다.

"자기, 아이가 태어나도 절대 우리보다 우선이어서는 안 된다. 알았재?"

우리가 김윤경 씨와 달랐던 점은 꿈이 없었다는 것이다. 가족에 대한 꿈, 나의 꿈, 내가 바라는 삶…. 오로지 직장만 바라보며 '올인'하는 삶을 살아온 것이다. 얼마 전 페이스북에서 한 주례사를 들었다.

"시어머니 되실 분에게 묻겠습니다. 혹시 며느님의 꿈이 무엇인지 아십니까?"

"장모님 되실 분에게 묻겠습니다. 혹시 사위의 꿈이 무엇인지 아십니까?"

신선한 충격이었다. 이런 주례사를 들으며 결혼식을 올리는 사람은 대체 어떤 사람들일까 싶었다. 처음부터 꿈을 찾아주고 꿈을 생각할 줄 아는 사람들의 결혼생활이 어떨지 뻔하지 않을까? 부부는 짐이 아니라, 우리가 평생 같이 지낼 사람이다. 아직 서로의 꿈을 찾아주지 못하고 지내고 있다면, 내 남편의 꿈은 무엇인지, 내 아내의 꿈은 무엇인지, 서로의 꿈을 알아보는 시간을 가져보자. 꿈을 만들고 실천해 가는 시간이 행복의 출발이 되지 않을까 생각한다.

기초생활 수급자를 운운하는 전화를 받고도 행복했던 그 시절, 지금도 늦지 않았다. 자고 있는 남편의 얼굴을 조용히 바라본다.

"내 남편의 꿈은 무엇일까?"

아이가 부모를 키운다

내 나이 25살, 남편 28살, 우리는 출산 계획이 없었다. 철없는 아이 둘이 만나고 좋아서 살다 보니 임신이 됐다. 임신하면 출산을 하고 부모로서의 책임감이 기다린다는 것도 의식하지 못한 채 동거하고 결혼하게 되었다. 임신부터 되어버린 우리는 처음에는 심각한 것도 몰랐다. 아이의 양육 문제, 교육 문제, 아무것도 생각지 못한 채 아이가 아이를 낳고 길러야 되는 상황이었다. 부모님이 안 계셨고, 아무도 도와주고 조언해줄 사람도 없이 부모가 되어버린 것이다. 아이가 울면 따라 울면서, 아이와 같이 커가는 어른이었다. 어쩌면 아이가 우리를 키웠는지도 모르겠다. 큰아이가 초등학교 1학년 입학을 하니 준비물이 많았다. 알림장을 보고 챙긴다고 챙겼는데 아이가 하루는 이렇게 말했다.

"엄마, 앞으로는 내가 챙겨갈게. 엄마는 안 챙겨줘도 돼."

"왜? 엄마가 챙겨야지."

"엄마가 챙기니까 빠지는 게 많아서 안 되겠더라."

이 말을 들을 때 난 기뻤다고 해야 되나? 창피한 일이지만 앞으로 준비물을 신경 안 써도 되니 속으로 좋았다.

"그래, 앞으로는 니가 알아서 잘 챙겨가."

이렇게 얘기하고 아이가 학교 다닐 때 한 번도 준비물을 챙겨준 적이 없다. 큰아이는 나보다 남을 먼저 챙기는 아이였다.

장난감을 가지고 놀 때도 다른 아이들은 서로 가지려고 싸우고 울고 하는데, 우리 아들은 가지고 놀다가도 다른 아이가 가지고 싶어 하면 두 말 없이 양보한다.

어느 날 어린이집 선생님한테서 전화가 왔다.

"다운이 어머니, 다운이 병원에 데리고 가봐야 할 것 같아요."

"왜요? 아침까지 이상이 없었는데요."

"애가 자폐 같아요."

아마 자폐라는 걸 알았으면 놀랐을 텐데, 처음 들을 때는 자폐라는 말이 뭔지 몰랐다. 어디 아픈가 보다 생각하고 집에 데리고 와서 남편한테 얘기했다.

"자폐는 무슨…. 워낙 얌전하니까 선생님이 잘못 보신 거겠지…."

우리 아들은 장난감 하나만 있으면 구석에 가서 혼자 울지도 않고 하루 종일 놀았다. 친구들과 어울리지도 않고 있으니 아마 선생님이 뭐가 문제가 있다고 생각했던 것 같다. 아기 때부터 부모의 손길을 조금이라도 덜어준 아이다. 돌이 되기 전에도 화장품 같은 것을 치울 필요가 없었다. 알고 그런 건지 모르고 그런 건지 모르겠지만, 만지지 말아야 할 것에 손을 대지 않았다. 아들이 한 가지 우리를 슬프게 했던 것이 있다면, 초등학교 갈 때까지 남의 집이나 놀이방에 갈 때 울음을 그치지 않았다. 떨어지지 않으려고 울던 아이는 우리가 한참을 가서 들리지 않을 때까지 울었다. 생각하면 지금도 마음이 아프다. 아들이 5살 때 어린이집에 데리러 갔다. 아이의 눈이 찢어지고 눈알이 발갛게 되어 있었다.

"다운아, 이거 왜 이래?"

"엉, 놀다가 넘어졌어."

"안 아프더나?"

대답이 없었다.

"아프면 선생님한테 말씀드리지."

"선생님이 싫어할까봐."

선생님한테 물어봤다.

"아이가 이 지경이 되어 있는데 몰랐나요?"

"몰랐어요. 울지 않아서…"

어린 나이에 아픈 것도 얘기 못 하고 선생님 눈치만 보는 아들을 붙잡고 울었다. 큰아들은 엄마 아빠를 힘들게 한 적이 없다. 아이는 아이답게 자라야 하는데, 우리 아들은 우리보다 더 어른 같았다. 놀이터에 가도 아직 엄마의 손길이 필요한데도, "나 혼자 놀 거야. 엄마는 들어가" 했다. 이 말을 듣고 난 바보처럼 "그래? 혼자 괜찮겠나?" 하면서 아이 혼자 두고 집에 와서 쉬었다. 남편도 아이와 잘 놀아주지 못했다. 쉬는 날이면 목욕탕도 가고 아이와 공놀이도 하고 놀아주면 좋은데, 일요일이면 집에서 꼼짝도 하지 않았다.

우리 부부는 집에서 TV를 보거나 쉴 때, 좁은 소파에 같이 누워서 본다. 집안에서 어디를 가도 껌딱지처럼 붙어 다녔다. 좁은 공간에서 목욕을 해도 같이 했고, 밖에 나가지 않으면 같이 있었다.

회식을 하고 남편이 먼저 집에 오고 내가 늦게 오는 날이 있다. 술을 아무리 많이 마셔도 이상하게 바깥에서는 술이 취하지 않고, 집에만 오면 술이 취했다. 먼저 와서 쉬고 있는 남편에게 한잔하자고 했다. 우리는 바깥에서 회식이 자주 있어서 집에서 되도록 먹지 않으려 했다. 그런데 내가 술이 되면, 남편에게 억지로 술을 먹였다. 장희빈이 사약을 먹지 않으려고 할 때 했던 것처럼, 남편의 입에 숟가락을 넣고 억지로 술을 넣어서 먹이기도 했다. 그런 나의 행동을 남편은 재미있게 받아줬다.

우리에게는 아이 키우는 것도 집안살림 하는 것도 어려운 과제였지만, 철없는 부부이다 보니 잘 지나갔던 것 같다. 돌이켜보니 지금은 후회가 많이 된다.

글쓰기카페 '공간'에서 서평신청을 했다. 김명숙 작가의 『여자는 무엇으로 성장하는가』라는 책을 받았다. 제일 먼저 눈에 들어오는 내용이 힘들고 어려울 때 생각하고 언제든지 볼 수 있는 엄마가 곁에 계신다는 것이었다. 부러웠다. 아이를 보면서 엄마의 고

마음을 느끼는 부분도 역시 부러웠다. 나는 한번도 그런 생각을 해본 적이 없다.

아이를 통해 부모를 생각하는 것은 책을 통해서, 드라마를 통해서 많이 봤지만, 생각해보니 나는 그런 감정을 느껴본 적이 없었다. 첫째 아이를 12시간 틀고 출산했을 때도 엄마가 생각나거나 힘든 출산으로 '우리 엄마가 나를 낳을 때 이렇게 힘들었구나' 하는 생각을 해본 적이 없다. 왜일까? 나쁜 딸이었던 걸까?

늦둥이 막내딸로 태어나 사랑도 많이 받았겠지만, 어릴 때 돌아가신 아버지, 그리고 행상 하신다고 시간을 거의 보내지 못했던 엄마. 그래서 내 마음에 부모님이 많이 없었던 것은 아닐까? 이런 생각을 하니 마음이 아프다. 남과 다른 부모님에 대한 나의 생각이 우리 아이들에게 사랑이 미치지 못하게 한 원인이 된 건 아닌지 걱정된다.

철없는 우리는 아무런 계획도 없이 아이를 낳기만 했다. 아이가 태어나면서 책임 뿐만이 아니라 인생이 달라진다. 그런데 우리는 일상처럼 살다 보니 임신이 됐다. 그리고 우리 아이로 태어나준 고마움도 느끼지 못한 채 세월이 흘러버렸다. 어릴 때 철없는 부모를 키워준 아들, 지금이라도 많이 사랑해주고 아껴줘야 하는데, 그러지 못한다. 아들은 서울에 있고, 우리는 여전히 직장에 얽매여 살고 있다. 아들은 여전히 친절하고, 우리에게 사랑스러운 아들이다. 철없는 엄마 아빠를 키워준 아이들이 대견하고, 한편으로는 미안하다.

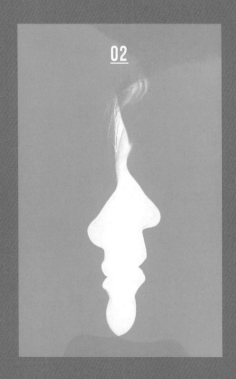

02

남편을 마시던 술

아들이 경비실에 있던 날

언제부터인가 남편이 술을 마시는지, 술이 남편을 마시는지, 하루도 술을 마시지 않으면 안 되는 사람이 되었다. 보름만에 한번 정도 아이를 놀이방에서 데리고 와달라고 하는 부탁도 들어주지 않았다. 설마했지만, 여전히 나타나지 않았다. 아무것도 모르고 부모를 기다리는 아들을 바라보면서, 결혼한 것에 대해 처음으로 후회했다. 아무리 힘들어도, 우리는 운명이고 처음부터 가족이었던 것처럼 느꼈는데, 아파트 경비실에서 땀 흘리고 조용히 앉아 있는 아들을 보면서 현실이란 걸 느꼈다.

'신혼여행 다녀온 날부터 행복 끝, 고생 시작'이라고들 말하는데 이런 말이 내게 와닿지 않을 정도로 결혼해서 고생한다는 생각은 한 적이 없다. 힘들어도 사람 사는 것이 그렇다는 생각으로 지냈다. 부부는 남이 만나서 하나가 되었으니 싸우지 않을 수 없다. 지나친 싸움만 아니라면 당연하다고 생각했다. 그런데 점점 싸움이 잦아졌다. 사랑해서 결혼했는데, 사랑이라는 감정이 사라져가고 있었다.

우리 아버지는 술을 좋아하셨다. 매일 술을 마시느라 집에 는 거의 오지 않으셨다. 어릴 때 우리집에서 상가쪽의 볼일을 보려면 버스로 8코스 정도 되는 거리였다. 한참을 걸어오다 보면 길거리에서 주무시는 분이 있으면 우리 아버지다. 아버지의 주머니에는 소주 한 병이 또 들어 있다. 아버지를 보면서 오빠는 "나는 절대 아버지처럼 안 살 거야" 하고 얘기하곤 했다. 나는 어려서 아버지가 싫다, 좋다 판단할 나이가 못 되었다. 그냥 나에게는 아버지일 뿐….

몇 집 살지 않는 마을에서 살다 보니 우리 동네는 버스도 안 다녔다. 작은언니와 나는 10살 차이가 난다. 공부를 꽤 잘하던 언니는 학교를 더 다니고 싶었지만, 집안 형편이 어려워서 포기하고 돈을 벌어야만 했다. 큰언니는 내가 태어나지도 않았을 때 결혼했다. 엄마 혼자의 벌이로는 우리가족이 먹고 살기가 힘들었다. 결국 언니는 부산에 있는 큰언니 집으로 가서 버스 안내양을 했다. 오빠와 나는 살던 초가집과 산을 오가며 사는 게 대부분이었다.

오빠와 나는 작은언니가 있는 부산으로 놀러왔다. 지금 기억으로 개금삼거리 가까운 쪽이었다. 러닝셔츠에 바지만 입고 큰 도로에서 언니가 탄 버스가 지나가기만을 기다렸다. 우리는 버스와 차들을 보는 것만으로도 신기했다. 한참을 기다리니 언니가 탄 버스가 왔다. 타보는 첫 버스였다. 버스를 타고 종점까지 몇 번을

왔다 갔다 했다.

시골에서 보고 듣고 배울 것이 별로 없었다. 책은 당연히 없었고, TV가 있는 것도 아니었다. 산에서 놀거나 몇 명 안 되는 친구들과 논에서 축구하고 소꿉놀이하는 게 다였다. 내 눈에 보이는 삶이 전부였다.

화장품도 직장에 들어오고 1년 6개월 정도 지나고 나서야 알게 되었다. 하숙하는 집에 KT 다니던 언니가 있었는데, 화장품 방문 판매도 했다. 대학교 때 친구가 화장실에서 바르던 것이 콤팩트였다는 것을 알게 되었다.

여드름이 23살이 지나서 났다. 여드름이 많이 나서 방치하고 있는 나를 보고 그 언니가 화장품을 권유했다. 하지만 나는 여드름이 나도 그대로 방치해두고 관리하지 않았다. 코끝까지 빈틈없이 많이 났다. 속이 상해서 거울도 제대로 보지 않았다. 화장품이라는 것을 알았다면, 지금 피부가 좋다는 말을 듣지 못했을 수도 있지 않았나 하는 생각도 해본다. 예전에 같이 근무했던 언니들을 가끔씩 보면 세월이 많이 흘렀는데도 얼굴이 깨끗해졌다고 한다. 여드름은 결혼하고 나니 없어졌다.

나와 오빠는 5살 차이가 난다. 중학교 때까지 같이 지내다가 서울대학교에 입학했다. 대학교에 가기전에는 한번도 떨어져 지낸 적이 없다. 엄마보다 오빠와 있는 시간이 더 많았다. 오빠가 엄마이고 아버지였다. 오빠가 좋았다. 오빠와 결혼할 거라는 생각을 했었다. 오빠는 나에게 부족함이 없는 사람이었고, 오빠만 있으면 행복했다.

그런 오빠를 남편에게 기대하고 살았다. 남편은 오빠처럼 내 가족이었다. 그것도 아주 사랑하는 가족. 사랑하는 가족이기에 늦게 들어와도, 아무리 어떤 일을 벌여도 밉지가 않았다. 미울 이유가 없었다. 나에게 가족으로서 당연한 거니까… 그런데 갑자기 남편이 오빠가 아닌, 남편으로 느껴지기 시작했다. 가족이 아닌 남남이 만났다는 생각이 드는 순간의 시작이었다. 우리 아버지가 집안을 전혀 돌보지 않고 오로지 술로 인생을 보내다가 술로 돌아가셨듯이, 우리 남편도 오빠 같은 사람이 아니라, 우리 아버지 같은 사람이라는 생각을 했다. 그런 사람을 만났다는 것을 처음으로 느꼈다. 이제 부부생활이 시작된 것이다.

나쁜 생각을 한 번 하고 나니 생각이 지워지지 않고 내 생활에 회의가 왔다. 지금 같으면 그때처럼 살지 않았을 것이다. 매일 늦게까지 술을 떠나지 못하는 남편을 그대로 방치하지 않았을 것이다. 그런데 당시 나에겐 아무런 계획이 없었다. 그냥 부모처럼, 가족처럼 알아서 하는 남편을 바라만 봤다.

친구는 결혼해도 아이는 5년 뒤에 갖는다고 했다. 그동안 신혼생활도 즐기고, 기반을 잡으면 아이를 낳을 생각이라고 했다. 나는 한번도 출산 계획, 결혼 후의 생활 계획 같은 것을 세워본 적도 없다. 친구가 하는 말을 듣고 그저 부럽다고만 생각할 뿐 내 생활에 적용할 생각은 하지 못했다. 어릴 때 내가 알던 우리 가족처럼 그냥 되는 대로 살면 되는 인생인 줄 알았다.

남편은 퇴근시간 이후에는 핸드폰을 받지 않았다. 남편이 늦게 들어오는 게 별로 이상하지도 않았다. 어릴 때 생각나는 아버지 모습이다 보니 당연한 줄 알았다. 그런데 어느 순간 이런 생활이 아니라는 생각을 하게 되었다. 울면서 아파트 경비실에서 아이를 데려오던 날, 술이 남편을 먹었다는 것을 알았다. 불행의 시간이 시작된 것이다.

좋게 보이는 사람은 무슨 일을 해도 좋아 보이고, 밉다는 생각이 들면 아무리 좋은 일을 해도 눈에 들어오지 않는 게 사람 마음인 것 같다. 남편이 그 이후로 무슨 일을 해도 예뻐 보이지 않고, 불만에 불만만 낳았다. 어쩌다 얼굴을 마주보는 날이면 불만으로 가득했다. 그러니 좋은 말이 나갈 리 없었다. 얼굴 표정부터 남들 대할 때와 남편 대할 때가 완전히 달랐다. 어릴 때부터 봐왔던 가족의 생활이기에 상황을 좋게 만들어보려고 하지 않았다.

'뭐 눈에는 뭐만 보인다'는 말이 있다. 남편은 술만 마시고 집에 늦게 들어와서 아이와 놀 시간도 우리가 얘기할 시간도 없었다. 혼자 아이를 데리고 바깥에 나가면, 아이 손을 잡고 가는 아빠들의 모습만 보인다. 지금은 식당을 가거나 거리를 다니면 가족 단위의 사람들이 많이 있고, 아빠가 아이를 앞에 안고 다니는 모습이 이제는 당연하다. 그런 모습들을 보면 난 넋을 놓고 바라본다. 지나가는 사람도 뒤로 돌아서 한번 더 쳐다본다. 볼 때마다 우리 아들 생각이 난다. 우리 아들과 저런 시간이 많았더라면…. 그런 생각을 할 때마다 속이 상한다. 남편이 미웠다. 결국 나의 불행은 내 생각에서 시작됐다. 내가 잘못하고 내가 하지 못한 것은 생각 해본 적이 없다. 모든 것을 남편 탓으로 돌렸다.

집안일은 여자의 일이고 남자는 도와준다는 표현은 맞지 않다 고 주장한다. 집안일은 부부가 같이 해야 한다. 맞벌이가 많다보 니 주부 혼자 감당하기는 힘들다.

그런데 우리 결혼생활은 28년 전이다. 그때는 남편들이 집안일 을 하는 게 일반적이지 않았다. 그런데도 난 모든 것을 남편에게 기대했고, 기대보다 남편이 잘해 주기도 했다. 그런데 시간이 지 날수록 술이 남편을 먹어버렸다. 그러기 전에는 둘도 없는 남편이 었다. 그때 내가 잘했어야 했다. 술을 마시고 오는 남편을 받아줘 야 했고, 같이 진지하게 대화를 해보고 가정의 소중함을 느끼는 시간을 가졌어야 했다. 무조건 남편이 알아서 하도록 내버려두고 불평만 한 나 자신이 후회스럽다.

이사하던 날

17평 아파트에 살다가 25평 아파트로 이사를 하게 됐다. 둘째 아들 백일이 조금 지난 시기였다. 지금처럼 포장이사가 없던 시절이다. 짐도 싸야 하고 할 일이 많았다. 아침에 출근할 때 남편에게 여러 번 부탁했다.

"오늘은 이삿짐 싸야 하니까 꼭 일찍 와야 돼."

"알았다."

그런데 아무리 기다려도 남편은 오지 않았다. 할 수 없이 혼자서 이삿짐을 쌌다. 밤새도록 이삿짐을 싸면서 오지 않는 남편을 기다렸다. 아침 6시쯤 남편이 들어왔다. 시력이 좋지 않은데도 흰 와이셔츠에 빨간 루즈 자국이 찍힌 게 보였다. 속이 상하고 화가 났지만, 아침 시간은 바쁘다. 빨리 챙겨서 출근 준비도 해야 했다. 남편한테 바가지 긁을 시간이 없었다.

"즐거운 시간 보냈네."

이 말만 하고 아침을 준비할 수밖에 없었다. 주말에 이사를 하고, 화요일 아침 웃을 수밖에 없는 일이 있었다. 아침 일찍 초인종이 울렸다.

"누구세요?"

"저 몇 동에 사는 사람입니다."

문을 열었더니 남편의 수첩을 들고 왔다. 남편에게 자초지종을 물었더니, 아파트가 대단지이다 보니 술을 마시고 집을 찾기가 어려웠다. 새벽 2시쯤 벨을 눌렀는데 남자 소리가 나서 "너, 누구야?" 하면서 문을 차고 소란을 피웠단다. 주인이 나오고서야 우리 집이 아니라는 걸 알았다. 다른 동에 가서 같은 라인의 집을 우리 집인 줄 착각한 것이었다. 그리고 미안하다고 인사하고 집으로 돌아오는 오는 길에 복도에 수첩을 빠뜨린 것이다. 울 수도 웃을 수도 없는 황당한 일이었다. 남편은 술을 많이 마시면 집 찾기가 어렵다고 한다. 이사를 해도 관심이 없고, 아이가 몇 살이나 됐는지, 뭐하고 지내는지, 아프지나 않은지…, 아무런 관심이 없었다.

큰아들이 초등학교 3학년일 때 학교에서 전화가 왔다. 아들이 학교에 오지 않았다는 것이다. 직장에 있다 보니 나갈 수도 없고 발만 동동 구를 수밖에 없었다. 혹시 남편이 시간 되는지 물어보려고 전화를 했다.

"다운이가 학교 다니나? 몇 학년이고? 어디 있겠지."

아무 걱정도 않고 관심 없다는 듯이 대답했다. 집에서 자고 있지나 않는지, 아니면 학교 가다가 가기 싫어져서 어디 혼자 있지나 않은지, 안 좋은 일이 있는 것은 아닌지, 걱정됐다. 회사일이 바쁘지만 할 수 없이 외출을 했다. 집에 오니 아들이 자고 있었다. 속으로 다행이다 싶었다. 자고 있는 아들을 보니 미안한 마음이 앞섰다. 어릴 때는 우는 아이를 놀이방에 억지로 떠 맡기고, 학교 갈 때는 우리가 먼저 출근하니, 아들에게 할 말이 없었다. 깨워서 밥을 먹이고 오지만, 다시 잠든 듯했다. 태어나서부터 뼛속까지 맞벌이 부부의 아들인 큰아들이다. 자고 있는 아들을 물끄러미 보다가 깨워서 학교로 보냈다. 맞벌이하면서 아이에게 신경을 제대로 써주지 못하는 것이 마음에 걸렸지만, 어떻게 할 방법이 없었다. 직장을 그만두고 싶은 마음도 많았다. 남편은 내가 불평하는 날이면 "그만둬라" 하는 말을 자주 했다. 애들한테 미안해서라도 그만두고 싶은 마음이 생겼다.

둘째 아들을 낳고 사표를 썼다. 아침에 출근하면서 사표를 낸다고 남편한테 얘기했다. 남편은 아무 말이 없었다. 출근해서 서무계에 올라갔는데 아무도 없고 세출주임 언니만 있었다. 사표를 제출하고 내려왔다. 그런데 언니가 전화를 해서 서무계장님한테 전하지 않았으니 그냥 다녔으면 좋겠다고 했다. 며칠 다니다가 언니한테 인터폰을 했다.

"언니. 사표 제출해주세요. 애들 때문에 안 되겠어요."

좀 있다가 서무계장님이 급하게 내 자리로 오더니, 다른 직원들의 눈을 피해 금고 안으로 나를 데리고 들어갔다.

"왜 사표를 내는데?"

"애들 볼 사람이 없어서요."

"사표 없던 걸로 할 테니까 조금만 참아봐라. 우리 와이프도 애들 때문에 사표를 냈는데 지금 엄청 후회하고 있다."

그러면서 사표를 내가 보는 데서 찢어버렸다. 사표를 내긴 했지만 걱정은 됐다. 혼자 벌어서 먹고 살기에는 어려웠다. 아무것도 없이 시작해서 한달 벌어서 생활하고 저축 조금씩 하는 것이 다인데, 그만두면 걱정이 안 될 수가 없었다. 서무계장님의 말씀대로 못 이기는 척하고 힘들지만 지금 상태로 다니기로 했다. 남편은 사표를 내라고 말은 했지만, 주위에서 들은 말도 있으니 진심으로 바라진 않았던 모양이다. 아무리 내가 불평해도 그 이후로는 그만두라는 말은 하지 않았다. 세월이 지나 그때 사표를 수리하지 않았던 서무계장님이 다른 곳으로 갔는데, 내가 근무하는 직장에 출장을 오시면 "그때 내가 사표 수리 안 했던 거 잘했지?" 이렇게 말씀하시곤 했다.

주위에 감사한 분들이 많다. 신규 시절에 어려웠던 기억도 많지만, 직장생활이 오래될수록 친하게 지내는 사람들도 많아지고, 힘들지만은 않았다. 보람도 많았다. 가는 곳마다 실적도 좋았다. 남편은 술은 많이 마셨지만, 업무는 잘하는 편이었다. 좋은 성격 덕분에 많은 직원들과 회식 자리를 자주 하는 바람에 밖에서는 친한 동료들이 많았다. 같은 직장이라 부부를 떠나 직장동료로서는 좋은 파트너였다.

근무하는 곳은 달랐지만, 같은 직장이다 보니 서로 모르는 것은 물어볼 수도 있었다. 남편은 든든한 지원군이었다. 남편이라는 조건만 빼면 좋았다. 직장에 나오면 남편이라는 사실을 잊어버린다. 혹시 같은 회식 자리가 마련되어도 남편이라는 것을 의식하지 못하고 얘기하다가, 남편과 눈이 마주치면 "아, 남편이구나, 이런 건 얘기하면 안 되겠네" 할 때도 있다. 그런 생각을 하면서 혼자 웃은 적도 있다.

우리 부부는 아이 양육 문제만 아니면 좋은 친구이자 부부로 잘 지냈을 것이다. 보통의 부부가 그렇듯이 싸우는 이유는 아이 때문이다. 우리는 잠시라도 믿고 맡길 수 있는 부모님이 안 계시기 때문에 더 힘들었다. 엄마는 우리 부부가 천생연분이 아니라고 했지만, 내가 생각하기에는 천생연분이다. 같은 늦둥이에, 부모님은 일찍 돌아가시고, 큰언니와 큰시누이 나이도 같고, 형부와 고모부 나이도 같다. 우리는 둘 다 막내다. 누나가 한 명 더 많지만, 비슷한 것이 많다. 성격이 조금 다를 뿐인데, 시골에서 자라서 순수한 마음은 비슷한 것 같다. 술을 많이 마시고 집을 챙기지 않아서 미울 때도 많았지만, 마음까지 진심으로 밉지는 않았다. 이래서 우리는 천생연분이다.

천생연분이라고 생각해서인지, 지금은 잉꼬부부로 산다. 현실에 충실하게 살고 있다. 아이들이 어리고 엄마 아빠 손이 많이 필요할 때, 아이들을 잘 돌보지 못하고 하루하루 직장에 얽매여 살아온 것을 후회하고 있다. 난 아이들의 사춘기를 모른다. 사춘기가 없다고 생각했다.

작은아들이 고등학교 1학년 때 명절이라서 큰언니 집에 모였다.

"난 우리 아들들이 사춘기가 없어서 다행이야."

이 말이 끝나자마자 작은언니가 말했다.

"사춘기가 왜 없어? 지금 영찬이 사춘긴데. 요즘 짜증을 얼마나 잘 내는데."

이 말에 나는 당황했다. 고등학교 1학년 때까지 작은언니 집에서 자란 둘째를 내가 잘 모르고 있었다. 한 번씩 집에 오면 작은아들은 천사였다. 무슨 말을 하든 우리 아들은 "네, 알겠습니다, 엄마" 하는 아이였다. 잘 웃고 여전히 내 앞에서는 애교가 많고 이해심이 많았다. 그런 아들이 사춘기라고 하니, 많은 생각이 들었다.

'대체 어디가 어떻게 잘못돼서 엄마인 나한테는 짜증을 내지 않고 이모한테만 그럴까? 내가 아들에게 잘못하고 있는 걸까?'

그런 생각도 잠시, 직장을 다니고 시간이 흐르면서 아들에 대한 생각은 잊어버린다. 아이들에게는 미안하지만, 남편과 나는 직장생활에는 후회가 남지 않을 만큼 열심히 했다. 직장생활에 '올인'한 우리는 서로 바라보며, 다 커버린 아이들에게 더 미안함과 고마움을 가지고, 잘 자라준 아이들을 위해, 그리고 함께 바라보지 못한 부부생활에 대한 보상을 위해 지금 열심히 변해가고 있는 중이다.

어린이대공원 가던 날

어린이날이다. 아무리 피곤해도 이 날은 그냥 넘어갈 수 없는 날이다. 새벽에 일어나 김밥을 쌌다. 돗자리를 가지고 먹을 것을 챙겨서 집을 나섰다. 1년에 몇 번 안 되는 나들이 날인데 내게 문제가 생겼다. 갑자기 화장실이 가고 싶었다. 화장실에 갔는데 소변은 나오지 않고 피만 나오며 아파서 죽을 것 같았다. 아무것도 모르는 아이한테는 미안하지만, 할 수 없이 준비했던 것들을 두고 서둘러 병원에 갔다. 병원에서 의사선생님이 물었다.

""앞에 어느 병원에 갔었어요?"

"왜요, 선생님?"

"아마 의료 과실인 것 같습니다. 안에 솜이 하나 있습니다."

아이를 출산하고 치료받을 때, 일정한 시간이 지나서 빼라고 넣어준 솜 같은 것이 있었다. 집에서 하나를 뺐는데 하나가 속에 더 있었던 모양이다. 아이가 5살이나 되었으니, 5년 동안 안에 있어서 그것이 화근이 된 모양이다. 안 그래도 출산할 때 남편이 의사 선생님이 안 계신다고 간호사와 많이 싸웠는데, 그 이후에 치료까지 문제가 되었다. 다른 날도 아니고 이 소중한 날을 망쳐놨으니 병원이 원망스러웠다. 다시는 그 병원을 이용하지 않겠다는 다짐만 하고 우리는 집으로 돌아왔다.

늦게라도 아이를 데리고 어린이대공원에 갔다. 우리 착한 다운이는 그때까지 징징대지도 않고 엄마 아빠 상황만 살핀다. 난 성질이 급한 편이지만, 남편은 느긋하게 잘 기다리는 편이다. 아마 큰아들은 남편을 닮은 모양이다. 남편은 짜증을 잘 내지 않는다. 바가지를 긁어도 그냥 듣고 딴소리만 한다. 나에게 먼저 화낸 적도 없다. 나의 불만은 바로 그것이 문제였다. 무슨 말을 하면 받아줘야 하는데, 듣는지 마는지 묵묵히 자기 일만 한다. 그런 행동에 난 더 화가 났다. 남편은 싸우기 싫어서 피할 뿐인데, 그때는 무시한다는 생각이 들었다.

어린이대공원에 11시가 넘어서 도착하니, 놀이기구 하나 타는데 한 시간은 기다려야 했다. 우리는 기다리는 동안 피곤한데 아이는 즐거워했다. 오랜만에 엄마 아빠와 같이 나오니 좋지 않을 수가 없다. 이렇게 좋아하는 아이를 데리고 왜 자주 오지 못했는지, 어린이대공원 올 때마다 반성하면서도, 해마다 우리 부부는 실행에 옮기지 않았다. 좋아하는 아이를 모르는 척하고, 피곤하다는 이유로 남들보다 일찍 집으로 돌아왔다. 이 글을 쓰고 있는데 마음이 아려온다.

작은언니는 36살에 결혼했다. 요즘은 이 시기가 늦은 편이 아니지만, 예전엔 많은 늦은 시기다. 언니는 나보다 한달 먼저 결혼해서 조카 출생일이 15일 먼저다. 언니는 속마음은 약하지만 성질이 좀 급한편이다. 형부가 밥 먹으라고 두 번 권유하면 짜증낼 정도로 같은 말을 싫어하고 화를 잘 냈다. 그런 언니도 아들 앞에서는 천사였다. 아들이 해달라는 것은 다 해줬다. 직장을 다니지 않았기 때문에 아들과 함께 하는 시간이 많았다. 우리 아들과 대조됐다. 조카와 둘이 같이 있을 때는 늘 언니 아들 우선이었다. 장난감을 가지고 놀아도 원하는 장난감을 먼저 주고, 울어도 먼저 달래고, 우리 아들은 늘 뒷전이었다. 하지만 우리 아들은 어릴 때부터 양보심도 강하고 투정을 하지 않았다.

우리 집은 한 해에 3명이 결혼해서 오빠 딸도 우리 다운이보다 한달 먼저다. 새언니 집이 부자여서 오빠 딸은 언제나 공주처럼 드레스를 입고 다녔다. 부산에 놀러와 남포동 쪽 골목을 지나갈 때 사람들이 "쟤 봐라" 하고 한마디씩 하면서 갈 정도였다. 세 아이 중에 우리 아이는 철없는 부모를 만나서 특별한 대우도 받지 못했다.

아들은 외출할 때 울거나 보채지는 않는데, 걷지 않으려 했다. 무조건 안기거나 업히고 싶어 했다. 남편 없이 혼자 밖에 나갈 때가 많았는데, 아이 업는 것도 잘 안 되고, 안고 다니는 것은 팔이 아파서 힘들었다. 무조건 떼쓰는 아이를 야단치기도 했다. 그때는 왜 그리 철이 없었는지…. 아이는 매일 우리와 떨어져 있으니,

부모의 정이 그리워 우리에게 더 업히고 싶고, 안기고 싶었는지 모른다. 그것도 모르고 계속 업어달라고 보채는 아이를 나무라기만 했다. 다시 그 시절로 돌아가면 안아달라고, 업어달라고 하지 않아도 알아서 해 줄텐데….

남편과 나는 부모님들이 업어주고 놀아주는 경우가 없었다. 아버지는 집에 거의 계시지 않았고, 엄마는 눈만 뜨면 일하러 나가셨다. 우리 부부는 가족과 함께 생활하는 데 익숙하지 않았다.

남편은 나와 태어난 환경도 자란 환경도 비슷하다. 서로 의지하고 이해하려면 끝없이 이해되고 잘해주고 싶은 사람이다. 그런데 받지 못한 부족한 부분을 알아서 챙겨주지 않는 것에 불만이 있었다. 나는 표현하지만 남편은 말은 안 하고 불만을 술로 표현한 게 아니었나 하는 생각이 든다. 하루 이틀 술로 지내다 보니, 집에서 투정만 하는 나와 같이 있는 것보다 술과 함께하는 시간이 즐겁고 좋았겠지…. 그것이 습관이 된 것 같다.

누구나 집에 오면 따뜻한 대접을 받고 싶고 편하게 쉬고 싶어한다. 그런 공간을 제공하는 일은 누구 한 사람의 책임이 아니다. 부부가 같이 노력해야 한다. 무슨 일이든 노력 없이 원하기만 한다고 이루어지지는 않는다. 내가 하고자 하는 마음만 있으면 어디에서든 즐거움을 줄 수 있고, 내가 원하는 쪽으로 갈 수 있다. 그런데 우리 부부는 노력도 없었고, 그런 생활을 개선해보고자 하는 생각조차 하지 못했다. 술 좋아하는 아버지, 집에서 불평만 하는 엄마를 보면서, 나도 인생이 그런 것이라는 고정관념을 가지고 있었던 것이다. 내가 아는 것이 없으니 어떻게 바꿔볼 생각조차 해보지 못했던 것 같다. 책에서 보거나 TV에서 보는 것은 내 인생과 별개라고 생각했다. 타인의 인생을 모방해서 내 인생을 바꿔보리라는 생각을 가져보지 못했다. 습관이 굳어지면 고치는 데 오래 걸리고 힘이 든다. 하지만 잘못된 습관이 있다면, 어떤 방법을 사용해서라도 바꿔보는 게 좋을 것 같다. 습관을 바꿔야 하는 것도 결국은 자신이다. 누가 대신 해줄 수 없는 것인데 불구하고 바라기만 했다.

우리 부부는 남편이 많이 배려해준다. 잘해야지 하면서도 남편의 사랑을 그냥 받고만 있다. 예전과 지금은 다른 것이 있다면, 배려를 배려로 볼 줄 안다는 것이다. 예전에는 남편이 해주는 것은 당연한 것이라 생각했다. 늘 받는 것에만 익숙해져 있어서, 남편이 해준 만큼 나도 해줘야 하는데 그러지 못했다. 술을 좋아하고 술과 같이 보낸 남편이지만, 옛날도 지금도 내 남편만큼 좋은 남편은 없다. 얼마 전에 같이 차를 타고 가면서 나눈 대화가 생각난다.

"우리가 초심을 잃으면 안 될 것 같다."

초심을 생각하면 미워할 수도, 다툴 수도 없다. 데이트할 때도 좋고, 만나기만 해도 가슴 설레던 그때를 생각하면 지금도 웃음이 난다. 지금은 수시로 데이트하던 시절을 떠올린다. 일부러 떠올리는 게 아니라, 저절로 생각이 난다. 그 생각이 행복하게 한다.

우리부부는 어린이대공원에 자주 가지 못한 아이들에 대한 미안함을 이제부터라도 잘 만회해보려고 한다. 우리 아들, 사랑한다.

둘째 아이 임신 그리고 출산

"여보, 우리 둘째 안 가질 거가?"

"니 혼자서 키우려면 낳아라."

남편은 첫째 키우는 데 지쳐서 둘째는 말도 못 하게 했다. 첫째가 다섯 살 때인 어느 일요일 둘이서 방에 누워서 잠시 이런 얘기를 했다.

"아이는 다 컸는데 우리는 젊었고 참 좋다, 그자?"

"이래서 결혼 일찍 해서 애를 빨리 낳는 게 좋네."

아이를 제대로 키우지는 못했으면서도, 커가는 아이를 보고 행복한 적이 있었다. 우리 부부는 철은 없었지만 환경에 적응하면서 잘 지냈던 것 같다.

31살 때였다. 몇 개월이 지나도 생리가 나오지 않았다. 직장동료들 얘기로는 30대에도 폐경되는 사람이 있다고 했다. TV에 생리대 광고만 나와도 부러웠다. 어디 아픈 데도 없고 원인도 알 수 없었다. 창피해서 물어볼 데도 없고, 남편한테도 얘기하지 않았다. 그런데 11개월 정도 지나 갑자기 생리가 나왔다. 살면서 생리가 나와서 행복한 날은 처음이었다. 생리가 나오고 한달쯤 있다가 임신이 됐다. 첫째가 6살 때다. 첫째를 낳고 4번이나 아이가 생겼는데 낳지 않았다. 키울 능력이 없어서 조심했는데도 임신이 됐다. 이번에는 상황이 달랐다. 11개월이나 생리를 하지 못한 상태에서 임신이 되어서 아이를 꼭 낳고 싶었다. 키우는 것은 그 다음 문제였다. 이 아이를 낳지 않으면 여자로서 내 인생이 끝날 것만 같았다. 임신이 된 사실만으로도 행복했다.

둘째를 임신했을 때도 첫째와 마찬가지로 입덧이 출산 때까지 갔다. 입덧 종류는 달랐다. 첫째 때는 먹을 수가 없었는데, 둘째 때는 먹고 있지 않으면 속이 좋지 않았다. 첫째를 출산하고 4kg이 빠졌다. 둘째는 입덧 때문에 초콜릿을 주머니에 넣고 다니면서 조금씩 계속 입에 물고 있었다. 살이 많이 쪘다. 살이 터질 것 같아서 큰언니가 걱정했다. 임신중독증인지 병원 가서 검사해보라고 했다. 병원에 갔더니 의사선생님이 말씀하셨다.

"임신 중독증이 아니고 살입니다. 살이 찐 겁니다."

이 한마디만 하셨다. 살이 많이 찌니 스트레스도 있었다. 남편은 내가 임신하고 힘이 들어도 상관없이 술과 함께 지냈다. 둘째 임신 당시에 남편은 승진해서 울산으로 발령이 났다. 하루도 빠짐없이 새벽 3시 가까이 들어왔다. 임신 중인데도 남편이 들어올 때까지 안 자고 기다렸다. 아무것도 하는 일 없이 무작정 기다리고 있으니 짜증이 났다. 옆에 쿠션이나 가볍게 던질 물건이 있으면 던지면서 화를 달랬다.

그러다가 일요일, 출산 신호가 왔다. 개인병원에서 고생한 생각이 나서 종합병원으로 갔다. 입원해서 2시간쯤 있으니 곧 아이가 나올 것만 같았다. 병원에는 많은 임산부가 누워 있었다. 간호사를 불러서 "아이가 곧 나올 것 같아요" 했다. 그러자 보지도 않고 간호사는 "아직 멀었으니 좀 참으세요" 하고는 지나가 버렸다. 잠시 후 다시 불렀다. 의사선생님이 와서 보더니 말했다. "진짜네. 간호사, 분만실로 옮겨라."

분만실에서 앞에 한 사람이 출산 중이어서 잠시 대기했다. 조금 있다가 바로 들어갔다. 둘째는 첫째와 달리 많은 고통 없이 2시간 만에 순산했다. 일요일이라서 아무에게도 말하지 않고 우리 부부만 병원에 있었다. 입원하고 조금 있다가 남편은 회사에서 전화가 왔다며, 일요일인데도 출근을 했다. 10시가 넘어서 술에 취해 와서는 침대 옆에 누워 바로 잠이 들었다. 자다가 추워서 일어났다. 남편은 술에 취해 잠들어서 깨워도 일어나지 않았다. 나는 간호사를 찾아갔다. 추우니 보일러를 좀 켜달라고 했다. 그러자 간호사가 보일러를 켰는데 이상하다며 따라왔다. 같은 병실에 있는 여자 환자가 덥다고 유리창을 열어놨던 것이다.

임산부 병동이 여유가 없었는지 일반 환자와 같은 방을 썼다. 아이를 낳고 아무도 간호할 사람도 없고, 외롭고 힘들었다. 임산부는 몸을 따뜻하게 해야 하는데, 추위에 떨면서 잠을 잤다. 잊지 못할 시간이다. 다음날 퇴원을 했다. 퇴원하고 집에 가기 위해서 택시를 탔다. 택시를 타고 가다가 남편은 회사일이 바쁘다며 혼자 가라고 아이와 짐을 두고 가버렸다. 집에는 데려다주고 가라고 떼쓰고 싶었는데, 순식간에 택시에서 내려버려서 어떻게 할 수가 없었다. 아이와 짐을 가지고 집으로 돌아왔다. 늦게 소식을 들은 큰언니가 집으로 왔다. 큰언니는 내가 태어나기도 전에 결혼해서 같이 살지 못했다. 언니지만 편하지가 않았다. 오자마자 집정리가 안됐다고 계속 잔소리만 하는 언니가 야속했다. 언니는 미역국을 끓여주고 갔다.

언니가 가고 난 뒤 남편이 오기를 기다리고 있었다. 그날도 남편은 새벽이다. 12월 중순이 넘어서 남편이 있는 곳은 좀 바쁘기도 했다. 남편이나 나는 직장생활에서 'NO'가 없었다. 물론 우리뿐만 아니라 시대적으로 대부분의 직장인이 그랬다. 가정도 아이도 어느 하나 중요하지 않은 것이 없는데, 우리는 무조건 직장이 최우선이었다. 그러니 직장 다니는 남편을 이해할 수밖에 없었다.

남편을 기다리면서 TV에 요리 프로그램이 나오면 적어놓고, 만들어주었다. 집에 있으면서 요리를 하는 것도 재미있었다. 그 중 제일 기억에 남는 것이 양념게장이다. 지금은 아마 그때 만든 양념게장을 만들지 못할 것 같다. 만들어도 그때의 마음의 맛까지 따라하지 못할 테니까… 요리에 온 정성을 다했다. 특히 남편은 게를 좋아한다. 지금도 잊을 수 없는 것은, 내가 처음으로 만들어본 양념게장이었기 때문이다. 그 이후로 한 번도 만든 적이 없다.

임신하면 태교에 신경 써야 하는데 나는 그렇지 못했다. 태교는 첫째도 둘째도 하지 않았다. 둘째를 출산하고 태교가 필요하다는 것을 느꼈다. 둘째 아이 임신 중에 남편이 늦게 들어오면 주위에 있던 가벼운 것들을 던지는 것으로 스트레스를 풀었다. 그랬더니 둘째가 조금 커서 화가 나면 주위의 장난감을 잘 집어 던졌다. 또 남편으로 인해 속상해 있는 날이 거의 임신한 기간 10달이었다. 임신기간 내내 새벽 2시를 넘겼으니까….

둘째는 남편이 내 옆에 오면 싫어했고, 아들을 안아줘도 밀어냈다. 그럴 때마다 남편에게 미안했다. 그런 행동을 하는 아들을 보며 태교에 신경 못 쓴 것을 후회하기도 했다. 태교가 중요하다는 것을 다시 느끼게 되었다. 그런데 지금은 작은아들이 아빠를 더 좋아하고 따른다. 잘못하는 부분이 있으면 야단도 내가 치고, 안 된다는 것도 내가 가르친다. 남편은 무조건 원하는 대로 해준다. 거의 떨어져 지내는 아들에게 미안해서 혼내는 일은 많이 없지만, 그래도 생각해봐야 되고, 반대 의사는 꼭 내가 해야 된다.

언제부터인가 나만 모르는 두 사람의 비밀도 생겼다. 작은아들은 필요한 게 있으면 나보다는 아빠한테 문자를 하거나 전화를 한다. 어릴 땐 밀어내던 아빠인데, 지금은 완전히 아빠 편이다. 아빠가 술 마시고 늦게 들어오면 내가 뭐라고 할까봐 미리 아들이 얘기한다.

"엄마, 아빠도 사연이 있겠지. 그리고 술이 드시고 싶어서 드시겠나. 사회생활 하니까 할 수 없이 하는 거겠지. 엄마 제발…."

누가 들으면 내가 남편을 잡는 줄 안다. 남편이 늦게 들어오니까 바가지 긁을 시간도 없다. 자고 나면 아침이고, 좀 있으면 출근해야 한다. 그런데 아들은 미리 짐작으로 방어한다. 그런 아이를 볼 때마다 아들이 고맙기도 하다. 임신했을 때 남편을 미워했는데, 아들이 아빠를 잘 따라주고 이해해주니 도리어 다행이라는 생각이 든다.

아들을 바라보며 남편을 다시 한 번 생각하는 계기가 되기도 했다. 남편은 약속을 잘 잊어버린다. 나는 남편과 반대로 약속을 어기면 죽는 줄 아는 성격이다. 남편이 퇴근 전에 지키지 않은 약속에 관해 혼자 투덜거리고 있으면 아들은 또 끼어든다.

"엄마, 아빠가 바쁘시겠지. 엄마가 그냥 얘기해줘라, 미리."

어쩌면 나보다 적게 세상을 산 아들이 생각이 더 깊다. 난 다른 건 다 이해되고 이해하려고 노력하는데, 남편에 대해서는 여유가 없다. 잘한 것은 보이지 않고, 실수하고 잘못하는 것만 보였다. 연애할 때는 얼굴 보는 것만으로 가슴이 뛰었는데, 왜 이렇게 된 걸까?

'내가 이러면 남편도 나와 같은 마음이겠지.'

'집이 즐거우면 밖에서 술과 같이 지내는 것보다 집에 일찍 오겠지.'

둘째가 태어나기 전에는 오로지 내 기분만 생각했다. 한 번도 남편의 입장이 되어보지 못했다.

새벽기도 가는 남편

남편은 일주일 새벽기도 하는 동안에도 새벽 3시까지 술을 마시고 들어왔다. 그래도 하루도 빠짐없이 새벽기도를 갔다. 술을 많이 마셔서 못 일어날 만한데, 매일 새벽기도를 가는 남편을 내가 어떻게 생각했을까? 존경이 아니라 욕이 나왔다. 일주일 동안 죄를 짓고 기도만 한다고 받아주는 하나님이라면 믿을 필요가 없다고 생각했다. 이해가 되지 않았다.

남편의 큰누나는 '선재동자'라는 간판을 걸어두고 점을 본다. 그러다 보니 다른 집보다 미신을 많이 믿는 편이다. 시어머니, 시아버지 기일도 12시 종이 울려야 절을 했다. 남편이 교회 다니기 전에는 이렇게 엄격하게 제사를 모셨다. 그런데 어느 날 갑자기 남편은 절을 하지 않았다. 다른 식구들한테 민망했다.

"여보, 그냥 절이라고 하지 말고, 하나의 동작을 한다고 생각하고 하면 안 되겠나?"

사정하는데도 남편은 끄떡도 안 했다. 큰시누이는 평소에 맘이 넓고 이해를 잘하는 분이셨다. 옆에서 들었는지 큰형님이 한마디 하셨다.

"괜찮다. 나둬라, 종교는 자유인데. 자꾸 그러지 마라."

형님은 우리 부부가 싸우는 걸 원하지 않으셨다. 나도 같이 교회를 다녔으면 이해를 하는데, 교회를 나가지 않는 나는 남편의 행동을 이해할 수가 없었다. 남편은 이상한 것이 한 가지 더 있었다. 다른 건 기독교에서 가르치는 대로 안 하면서, 유독 절만 안 하니 더 이해가 안 됐다.

처음 남편이 교회에 가게 된 계기는 이랬다. 내가 다니던 학교 교수님이 교회 새가족반에 가자고 부탁하셨다. 5주 동안 가야 하는데 교회를 가고 싶은 마음도 있고 해서 남편과 같이 수료를 했다. 새가족반 수료 후 피곤하다는 핑계로 나는 교회에 가지 않았지만 남편은 열심히 다녔다. 술 마시는 것 외에는 모든 것이 교회가 우선이었다.

아들이 문제가 있어 상담이 필요한 시기에도 교회 집회에 참석한다고 가버렸다. 또 회사에서 승진할 때도 되었고, 남들은 청장님과 같이 하지 못해 아쉬워하는데, 남편은 청장님이 등산을 같이 가자고 하는데도 주일이어서 거절했다. 이런 이유가 맞는지는 모르지만, 그해 승진에서 밀리고 말았다. 교회를 가고 싶은 마음이 있었지만, 남편의 행동 때문에 나는 교회를 더 멀리하게 되었다. 우연한 기회에 방언을 해석한 적이 한 번 있다. 그날 이후 교회를 가야 한다는 의무감 같은 것이 생겼고, 일요일 날 집에 있으면 불안하고, 뭔가 할 일을 빼놓고 하지 않는 듯한 느낌이 들었다. 그런데도 교회에 가지 않았다. 교회에 나가는 것은 사람을 보고 가는 것이 아닌데, 그때는 그런 것을 알 수도 없었기에 그 이후로 10년 동안 나는 교회를 나가지 않았다.

남편은 일주일 술을 마시고 주일에 교회에 가서 깨달음이 있었는지 '아버지학교'에 들어갔다. '아버지학교에 들어가느니, 그냥 집에서 아들이랑 놀아주고 일찍 들어오면 되지.' 나는 이렇게 생각하고 남편이 하는 모든 일에 불만만 생겼다. '몇 번 가다가 안 가겠지' 생각했는데, 남편이 이렇게 말했다.

"가자고 해도 안 가겠지만, 내일 아버지학교 수료식 한다. 같이 오라는데. 안 갈 거재?"

남편은 늘 내가 불만이 많아서 같이 다니는 걸 좋아하지 않는다고 미리 생각하고 말했다. "가줄래?" 이렇게 얘기했으면 갔을 수도 있다. 그런데 묻는 방법이 잘못됐다. 오지 말라는 말처럼 들렸다. 무슨 말을 해도 불만이니까 좋게 들릴 리가 없었다. "안 가." 난 딱 잘라말해 버렸다. 남편은 더 권하지 않았다. 그만큼 우리는 대화가 부족했고, 서로의 마음을 읽어보려고 하지도 않았다. 한 번 더 권했다고 내가 갔을까?

남편은 아버지학교에 다녀온 후 후기를 내게 얘기해줬다. 아버지학교 수업시간에 아내에게 편지를 써와서 읽어주는 시간이 있고, 마지막 졸업식 때는 아내의 발을 씻어주는 시간이 있다고 한다. 각자 써온 편지를 들으면서 남편들이 모두 자기처럼 집에 잘하지 못한 것 같더라고 얘기했다. 어떤 남자 분은 직장에서는 비서와 기사도 있고 회사 직원들한테 90도 인사를 받는 사람인데, 퇴근하고 집에 돌아오면 대문에서 들어가지 못하는 경우가 있었다고 한다. 매일 늦고 가정에 신경 쓰지 않으니, 아마 비밀번호를 변경하거나 집 열쇠를 바꿔버렸다고 한다. "대부분의 사람들이 집에 잘못해서 후회하는 사람이었다"라는 얘기도 했다.

마지막 수업시간에 "모두들 아내를 모시고 와서 발을 씻어줬는데…" 하면서 말을 끝까지 못 했다. 내가 가지 않아서 자기는 못하고 그냥 구경만 했을 것이다.

남편은 노력했다. 나와 잘 지내보려고 아버지학교도 다니고 나름대로 시간 할애를 해보려고 했다. 그런데 내가 문제였다. 남편이 술과 가까이 지내면서 이미 떠나버린 내 마음이 돌아오지 않았다. 친정아버지처럼 대했다. 친정아버지는 술 마시면 며칠 집에 오지도 않고 경제적인 책임과 의무도 하지 않으셨다. 아버지는 엄마에게도 자식들에게도 계시지 않는 사람이었다. 내 마음에 그런 것이 배여 있었던 것 같다. 언제부터인가 남편을 아버지를 보듯봤다. 이미 남편이기보다 집이 있으니 찾아오고, 같이 사는 사람이 아니라 갈 데 없으면 와서 머물렀다 가는 사람으로 여겨졌던 것이다.

한 에피소드가 생각난다. 어떤 아버지가 집에 자주 들어오지 않으니 아이가 아버지를 볼 시간이 별로 없었다. 아이가 잠들기 전 아빠에게 이렇게 인사말을 했다. "아빠, 또 놀러와."

내 남편도 한번씩 놀러오는 사람이었다. 나도 무슨 일이 있을 때 남편이 없으면 불편했지만, 다른 것은 불편한 줄도 몰랐다. 내 마음에 남자는 다 그렇다고 생각했던 것이다.

남편이 노력할 때 조금이라도 내가 마음을 열어줬더라면 지금 보다 빠른 시간에 잘 지낼 수 있었을 텐데. 남편이 나에게 다가오는데도 그것을 알지 못했다. 여전히 남편은 술 마시면 늦게 들어오고, 집에는 관심도 없고 아무 쓸데없는, 그냥 외형상 가족이라는 느낌 외에는 아무것도 없었다. 남편과 있으면 대화가 없었다. 그런데 생각해보니 대화는 내가 안 한 것이다. 그런데 남편을 원망했다. '남편은 한 단락의 말도 할 줄 모르는 사람이다', '술이 들어가지 않으면 대화 단절이다'라는 선입견을 가지고 남편을 그 이상도 그 이하로도 대하려 하지 않았다. 남편이 아버지학교에 입학하고 나에게 손을 내밀었을 때, 같이 손을 잡았더라면 얼마나 좋았을까? 그랬으면 많은 시간을 외롭고 허전하게 헛된 시간을 보내지 않았을 텐데….

난 지금은 교회에 나간다. 1년 6개월 됐다. 남편과 같이 교회에 나가니 맘이 편하다. 같이 교회를 가게 되면서 남편은 퇴근시간도 빨라졌다. 내가 교회를 나가지 않을까봐 조심한다. 모든 것을 나한테 맞추려고 했다. 나한테는 무기가 생겼다. 남편은 내가 "나 교회 안 갈래" 하는 말을 하면 뭐든지 들어준다. 교회 나가는 시간이 많아질수록 이렇게 말하는 것이 죄인 줄을 알면서도 나에게 맞춰주는 척하는 남편이 좋다. 당연히 교회에 갈 거면서도 "그럼 교회 안 간다" 하는 말을 자주 했다.

　이 글을 쓰기 전까지, 우리가 잘못 지낸 것이 남편 탓인 줄 알았다. 글을 쓰다 보니 남편보다 나한테 잘못이 많다는 것을 느낀다. 후회가 된다. 남편이 변하지 않으면 내가 노력해도 소용이 없는데, 남편은 언제나 나에게 열려 있는 사람이었다. 그런데 내가 모르고 넘어간 것이다. 왜냐하면 나는 나만 보였으니까…. 다른 생각을 하지 못하고, 내 마음에 좋지 않은 규정을 만들었다.

　'나는 남편이 매일 술 마시고 가정을 소홀히 해서 힘들다.'

　'남편은 술이 없으면 대화도 안 된다. 밖에서 술을 많이 마시니, 대화하기 위해서는 술을 마셔야 하는데, 집에서는 술을 마실 수 없으니 대화를 할 수가 없다.'

　'그리고 술 마시고 대화해봤자 기억 못 하면 그만이다.'

　'나는 부모가 안 계셔서 힘들다.'

　이런 부정적인 생각만 머릿속에 가득했다. 그런 생각을 바꿔볼 생각은 하지도 않았다. 스스로 나를 불행 속에 가뒀됐다. 나만 불행하면 다행인데, 그것으로 남편까지 불행하게 만들었다. 생각을 조금만 다르게 하면 바꿀 수 있는데, 왜 그때는 그렇게도 어려웠는지….

아들보다 교회를 선택했던 날

큰아들은 맞벌이 부부의 아이답게 놀이방 가는 것 외에는 떼쓰고 울지 않았다. 아이가 자라면서 어떤 문제가 있는지 한 번도 생각해본 적이 없다. 그냥 잘 자라고 있어서 다행이라고 생각했다. 큰아들은 바둑을 잘했다. 바둑학원에서 상도 받아오고, 아들도 좋아하는 것 같았다. 열심히 다니고 있는 줄 알았다. 한달 학원비를 주지 않았는데도 말하지 않았다. 아들에게 물어봤다.

"다운아, 학원비 안 가지고 가도 되나?"

"응, 선생님이 잘한다고 한달 공짜로 해준다고 했어."

학원에서 공짜로 해준다니 약간 이상했다. 하지만 평소에 문제가 없는 아이라서 그냥 넘겨버렸다. 한번은 지갑을 보니 돈이 하나도 없었다. 확실하게는 모르지만 그래도 몇 만 원은 있어야 하는데 이상했다. 평소에도 돈이 조금씩 비는 것 같았는데 '남편이 가져갔겠지' 하고 생각했다.

작은 것이라도 이상하면 바로 해결해야 하는데, 남편의 얼굴을 잘 볼 시간이 없어서 물어보지 못하고, 직장에서 물어보려다가 업무를 하다 보면 잊어버렸다. 그런데 이번에는 꼭 물어보고 싶었다.

"여보, 혹시 지갑에 돈 내갔나?"

"아니."

"평소에 돈 조금씩 내갔재?"

"무슨 소리 하노? 한 번도 가져간 적 없거덩요."

"진짜?"

큰아들이 머리에 떠올랐다. 조퇴를 하고 큰아들 학교로 갔다. 마침 체육시간인지 교실이 비어 있고 선생님만 계셨다. 자초지종을 말씀드리고 다운이 가방을 열어보았다. 가방 앞쪽에 6만 원의 돈이 뭉쳐져 있었다. 가슴이 철렁 내려앉았다. 평소에 착하기만 한 다운이다. 당황스러웠다. 왜 그랬을까? 아들을 원망하기보다 정신없이 살아온 나에 대한 반성이 먼저 일었다. 평소 지갑에서 돈을 가져간 것도 큰아들인 것 같았다. 선생님께 말씀드리고 아들을 데리고 학교에서 나왔다.

엄마한테 혼날 거라는 생각으로 이미 아들은 속으로 걱정이 많이 되었을 것이다. 아들을 데리고 조용하고 깨끗한 식당으로 갔다. 돈에 대해서는 한마디도 않고 음식만 시켜서 먹으면서 그동안 아들과 나누지 못한 대화를 했다. 그리고 다 먹고 난 후 미용실로 갔다. 여자들은 마음이 심란하면 미용실 이용을 한다. 아마 아들 마음도 같을 것이라 생각하고 미용실에 갔던 것이다. 깨끗하게 정리하고 학교에 보내고, 나는 직장으로 돌아왔다. 생각해보니, 매번 아들이 안 좋은 일이 있으면 식당과 미용실을 다녔던 것 같다. 퇴근 후 아들이 먼저 말을 꺼냈다.

"선생님께서 엄마가 좋은 분이라고 하셨어. 다른 엄마 같았으면 뭐라 하고 때리고 난리였을 텐데…"

"그래, 선생님께서 따로 뭐라고 하셨어?"

"돈을 가져오라고 한 친구들을 불러서 같이 반성문을 쓰라고 하셨어."

이 말을 듣고 깜짝 놀랐다. 그동안 큰아들에게 계속 돈을 가져오라고 한 친구들이 있었다는 말이다.

"혹시 그럼, 바둑 학원비도 그애들과 연관되나?"

"응, 애들이 돈 가져오라고 해서, 한달 학원비를 애들한테 주고, 학원에 안 나갔어."

말을 들을수록 더 막막해졌다. 학원비가 필요 없다고 했을 때 아들과 대화를 해봤어야 하는데, 바쁘다는 핑계로 그냥 넘겼다. 엄마로서 미안함이 몰려왔다. 그동안 애들의 괴롭힘을 받았을 아들을 생각하니 가슴이 미어져 왔다.

난 아들을 한번 때린 적이 있다. 시간이 지나서 알고 보니 아들이 잘못한 것이 아니었다. 가게 아저씨의 실수였는데, 아들을 다그친 적이 있다. 아들은 맞으면서 울기만 하고 아무 말도 하지 않았다. 시간이 지나 우연히 알고 보니 내가 자세히 알아보지도 않고 아들만 때린 것이다. 그 이후로 아들을 믿었다. 아들을 믿었던 것은 좋은데 아들의 학교생활, 친구관계 등에 대해 관심을 가져본 적이 없었던 것이 미안했다. 그래서 아들을 꾸중하기보다 나에 대해 더 많은 생각을 하게 했다. 이런 엄마 마음을 아들은 알리가 없고, 엄마가 혼낼까봐 끝까지 두려워하고 있었던 것 같다.

아들에게 나의 감정을 솔직히 말하지 못하고 넘어갔던 것이 화근이 된 일이 있다. 아들을 아는 지인의 딸을 대안학교에 보낸다고 해서 우리도 어렵게 대안학교에 보냈다. 대안학교는 기숙사 생활을 했다. 고등학교 때 기숙사 생활을 한다면 아이들이 좋아하지 않는데, 아들은 흔쾌히 간다고 했다. 이유는 두발과 교복 자율화였다. 1학년을 보내고 2학년 때 학교에서 교복을 입든지, 아니면 머리를 깎든지, 둘 중에 하나를 선택하라고 했다. 학생들은 모두 교복을 입겠다고 했다. 그런데 학교에서 머리와 교복 둘 다 학교 규정대로 하라고 했다. 아들은 학생들 대표로 학교에 항의했다고 한다. 특히 머리 부분에 대해서는 민감해서 학교 선생님들도 다운이에게 말을 꺼내기가 어려웠다고 한다. 선생님에게 전화가 왔다.

"어머니. 다운이가 학교생활에 조금 문제가 발생했으니 일주일 정도 집에서 데리고 있다가 보내주세요."

무슨 영문인지도 모르고 나는 일단 "알겠다"고 했다. 월요일 집에 온 아들은 겉으로는 아무 문제가 없고 평소 그대로였다. 안부 인사부터 묻고 아들에게 무슨 일인가 물었다. 자초지종을 얘기했다. 끝까지 듣기만 하다가 아들에게 말을 건넸다.

"다운아, 머리…"

머리라는 말도 끝나기 전에 아들은 옆에 있는 거실 유리에 머리를 박고 난리도 아니었다. 그 모습을 보고 생각했다. 예전에 아들이 잘못할 때마다 미용실에 데리고 다닌 결과가 아닌가 하는 생각이 머리를 스쳤다. 남편은 천안에 있는 교육원에 교육을 가서 토요일에 온다. 혼자 아들을 어떻게 해야 할지 고민이 되었다.

다음날 휴가를 받고 청소년 상담센터에 갔다. 선생님은 다른 애들은 말을 안 해서 문제인데, 다운이는 속에 있는 말까지 다 꺼내서, 걱정 많이 하지 않아도 된다고 했다. 그리곤 다음 방문 기일을 잡고 왔다. 그런데 직장 때문에 가지 않고 주말에 남편이 오기만을 기다렸다. 아들이 남편과 대화하면 나한테 하지 못할 속마음을 꺼낼 수 있다는 생각이 들었다. 기다리던 토요일이 왔다. 남편은 토요일 늦게 도착해서 일요일에 대화하기를 바랐다. 일요일 아침에 눈을 떴는데 남편이 없었다. 핸드폰은 있는데 남편은 어디 갔는지 보이지 않았다. 전날 같이 근무하는 직원이 천안에 교회 선교회가 있다고 한 말이 생각났다. 직원 핸드폰으로 전화를 했다. 마침 직원 옆에 앉아 있었던 모양이다.

"지금 집에 안 오면 이혼이다."

이 말만 하고 전화를 끊어버렸다. 남편은 천안에 가지 않고 집으로 돌아왔다. 이 상황이 이해가 안 됐다. 아들이 문제가 있다고 얘기했고, 일주일 동안 그런 아들을 만나지도 못했는데, 그냥 천안에 간다고 생각하는 남편을 이해할 수가 없었다. 시간이 많이 있으면 몰라도, 일요일이 지나면 월요일은 아들이 학교에 가는 날이다. 교회를 다녀도 가정이 우선이라고 생각했다. 당장 아들과의 대화가 필요한데 관광버스를 타고 선교회를 간다는 남편이 원망스러웠다. 어렵게 아들은 남편과 잠깐 대화할 시간을 가졌다. 일주일 동안 새벽까지 술을 마시고, 주말에 아무 일 없다는 듯이 교회에 열심히 다니는 남편을 보면서, 내가 더 교회를 멀리하게 만드는 요인이 되었다. 지금은 나도 교회를 나가지만, 하나님은 가정을 우선하신다는 내 생각에 변함이 없다.

남편은 뒤끝이 없는 사람이다. 그때 내가 화내면서 집으로 불렀어도 거기에 대해서는 한마디 말도 않고 평소처럼 했다. 그런 성격의 남편을 나는 좋아했다. 옛날이나 지금이나 남편의 성격은 변함이 없다. 단지 우리 가족은 진지한 대화가 없었던 게 원인이었다. 우리 부부는 경제적으로 자유다. 어디에 얼마를 쓰는지 간섭하지 않는다. 그래서 비자금이 따로 필요하지 않다. 경제권처럼 대화도 언제나 털어놓고 할 수 있는 시간을 가졌더라면 좋지 않았을까 하는 생각이 든다.

퇴근 후 연락이 안 되는 남편

남편은 근무시간 외에는 핸드폰 연락이 되지 않았다. 새벽에 집에 오면 다른 것보다 핸드폰 연락이 안 되는 것으로 자주 다툰다. 여전히 핸드폰을 잘 받겠다고 하고 아침에 집을 나선다. 밤 12시가 넘으면 습관적으로 전화기를 든다. 영혼도 없이 단축번호 1번을 누른다. 거의 100번 정도 눌러도 받지 않는다. 어떤 날은 전화기를 만지다가 받아졌는지 핸드폰은 수신되어 있는데, 남편의 목소리는 들리지 않고 여자 목소리만 들릴 때도 있다. 30분 가까이 전화기를 끄지 않고 들리지 않는 전화기를 들고 있었다. 새벽 3시가 넘었는데 잠이 안 와서 바깥으로 나가 기다렸다. 아파트 정문 앞에서 한참을 기다리고 있으니 남편이 오고 있었다.

"지금까지 어디 있었지?"

"어디 있기는, 노래방."

"어디 노래방?"

"어디기는 저기…."

"같이 가보자."

나의 표정이 안 가고는 안 되게 보였는지 택시를 같이 탔다. 기사 아저씨는 목적지를 물었고, 남편은 한참 생각하다가 "동래요" 했다. 기사 아저씨가 가다가 계속 어디인지 물었고, 남편은 "대충 아무 데나 세워주세요" 하고는 어딘가에서 내렸다. 지나가다 보니 노래방 하나가 보였다.

"문 닫았네."

이러고는 남편이 가자고 했다. 증거가 없으니 남편을 믿을 수밖에 없었다. 어떤 날은 술값이 모자라서 공무원증을 맡기고 온 날도 있었다. 그 당시 30만 원이면 많은 돈이었는데, 30만 원을 주고 공무원증을 찾아온 적도 있다. 남편은 술을 마시고 집에 오면 많이 늦어서 아무 말도 못 하고 그냥 잔다. 다음날 아침 물어보면 기억하는 것이 아무것도 없다. 물어보나마나 당연히 기억을 못 하니까 물어도 아무 소용이 없다.

아침시간에는 아이를 어린이방에 맡기고 출근하려면 남편과 얘기할 시간도 많이 없다. 보통 회식을 하면 소속 부서만 하고, 다른 부서와 회식하는 일은 거의 없다. 그런데 남편은 모든 부서 사람들과 약속을 잡는다. 습관이 되어버린 남편은 하루라도 술을 안 마시면 안 되었다. 직장에서 술을 마시지 않으면 탁구장에 간다. 탁구장에서 탁구 치고 나면 필수 코스로 술집을 간다. 또 어쩌다가 회사에서 조금 일찍 술자리가 끝나면 술이 취해서 탁구장에 들러 새벽까지 술을 마시고 온다. 새벽이 되지 않고서는 집에 들어오지 않는다. 그러던 중 남편과 아침에 얘기할 수 있는 기회가 있었다.

"자기는 왜 전화를 안 받노. 늦으면 늦다 얘기를 해야 걱정을 안 할 거 아이가."

"전화 받으면 니가 짜증 낼 거고, 또 갈 수도 없는데 받으면 뭐하노."

"그래도 전화를 해줘야지."

우리 부부의 일상 대화다. 생각해보면 남편이 틀린 말을 한 것은 아니다. 전화를 하면 난 자초지종 대신에 짜증부터 낼 것이 분명하다. 연락도 안 되는 남편이 원망스럽지만, 틀린 말은 아니니 아무 할 말이 없다. 그런데 그 순간을 현명하게 넘길 방법도 없고, 오랜 시간 반복되다 보니 당연시되어버렸다. 그런 상황을 바꿀 수 있는 방법이 없었다. 어디서부터 잘못되었는지 실마리를 풀어나갈 생각조차 하지 않고 나는 그저 불평만 늘어갔다.

남편이 술을 마실 수밖에 없는 상황을 이해했어도 너무 잦은 일상이 반복되니, 이해의 말보다는 평소처럼 짜증만 냈다. 안 그래도 힘들어하는 남편을 더 힘들게 했다. 남편은 승진을 해야 하는데 여러 번 안 됐다. 예전에는 대통령상을 받으면 당연히 1계급 특진을 했다. 남편의 제안으로 대통령상을 받았는데도 승진을 시켜주지 않았다. 뒤에서 들리는 말로는 후배가 먼저 승진하면 위계질서가 무너진다고도 했고, 제안을 하기 위해서 일도 안 하고 자기 일만 하지 않았느냐고도 했다.

남편은 술은 많이 마셨지만, 업무에 대해서는 잘하는지는 몰라도 최선을 다했다. 6시그마 은상도 받고 친절왕도 받았다. 남편은 업무보고 담당할 때도 파워포인트를 잘 만들었다. 파워포인트를 잘하기 위해 사비를 들여 주말에 서울까지 가서 교육을 받기도 했다. 남편은 집에서는 술로 인해 늦게 들어오지만, 업무에서는 뒤처지지 않았다. 같은 건물에는 근무하지 않아도 같은 직종이라 소문으로도 알 수 있는 일이다. 처음에는 나이가 어리고 경력이 얼마 안 돼서 나이 많은 사람에게 양보하라는 권유가 있었다. 그래서 양보를 했다. 그 이후로 5번이나 승진이 안 되었다. 직장 사람들 대부분이 이번에는 당연히 된다고 생각하는데도 되지 않았다. 속이 많이 상했을 것이다. 그래서 남편은 술을 더 많이 마신 적이 있다. 그런데 그때도 남편을 여전히 습관적으로 늦게 오는 그때와 변함없이 따뜻하게 맞아주지 못했다.

술을 많이 마시니 카드 대금도 많이 나왔다.

"도대체 술은 어디서 누구와 마시는데? 왜 승진에서 매번 밀리는지 이해가 안 되네."

이런 말만 했다. 남편은 이 말을 들으면 더 속상했을 것이다. 이럴 때 거짓말하는 양치기 소년 얘기가 생각난다. 매번 한 거짓말로 사실을 얘기해도 믿어주지 않는 상황…. 매일 술을 마시고 늦게 오니, 남편의 마음을 헤아릴 생각을 못 했다. 부부란 서로 위로해주고 위로받아야 하고 집에 오면 편안한 안식처가 되어야 하는데, 우리는 그렇게 하지 못했다.

어제 작가들 모임이 있었다. 저녁을 먹으면서 한 작가님이 한 얘기다. 그는 '내 안의 내가 모르는 자아가 있다'고 했다. 그 작가님은 술을 마시고 남편이 귀가하면 자는 척했다고 한다. 자는 척하는 아내를 남편은 옷도 받아주지 않는다고 불평했고, 그렇게 불평하는 남편이 싫었다고 한다. 지금 생각해보니 어릴 때 할머니 집에서 자랐는데, 할아버지가 술만 드시고 오면 할머니와 다투셨다고 한다. 할머니에게 심하게 하시고, 손자들에게는 예쁘다고 다가오는데, 그게 싫어서 일찍 자는 척했다고 한다. 그 시절 '내 안의 자아' 때문에 남편이 술을 마시고 오면 그냥 자는 척하게 되어버린 것 같다고 했다.

세월이 많이 흐른 후 지금은 불평했던 남편이 이해가 되는데, 그때는 남편이 이해되지 않았다고 한다. 나도 그랬다. 늘 술과 함께 살아온 아버지를 보고 자라온 나였다. 엄마는 아버지가 들어오시면 아는 척도 안 했다. 그러다가 또 싸웠다. 난 그런 모습만 봤다. 남편이 술을 마시고 오면 아버지 모습을 상상했던 것 같다.

남편은 술을 마시고 오면, 내가 긁는 바가지 소리가 듣기 싫었던지 방에 가서 바로 자는 척했다. 남편은 폭력성은 없다. 그런데도 아버지를 보면서 자라온 나는 매일 술 취한 남편을 바가지 긁으면서도, 당연하게 받아들였는지도 모른다.

취해서 자는 남편 옆에 누웠다. 남편이 술이 아무리 취해도 남편을 안고 있지 않으면 잠이 오지 않을 때가 있었다. 옷도 벗지 않는 남편에게 팔을 올리고 난 잠을 잔다. 남편은 몸부림치는 척하면서 나를 안아준다. 남편의 술 냄새 담배 냄새가 싫지 않기에 킁킁 냄새를 맡는다. 엄마는 천생연분이 아니라고 결혼을 반대했는데, 내가 생각하면 천생연분이다. 어떻게 매일 술에 취해오는 남편, 그런 남편의 냄새를 좋아할 수 있을까, 안 그러면 남편과 살수도 없었을 텐데. 아니면 지금까지 콩깍지가 벗겨지지 않은 건지….

부부는 천생연분이 따로 있는 것이 아니라, 살면서 천생연분이 되는 게 아닐까 하는 생각이 든다. 부부는 살면서 닮아간다고 하지 않는가. 그렇게 우리는 서로를 닮아가고 있었다.

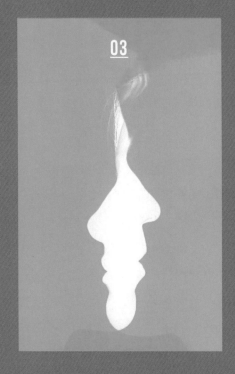

03

부부싸움은
칼로 물 베기

우리 언제 싸웠지?

나도 회식이 있는 날은 술을 많이 마신다. 직원들과 다 헤어질 때까지는 정신이 멀쩡한데, 집에만 오면 기억이 안 날 때가 많다. 아침에 일어나면 어제 술 마셔서 뭔가 이상한 조짐이 있는데, 아무리 생각해도 기억나지 않는 날이 있다. 또 어떤 날은 술을 많이 마시고 집에 오면 괜히 시비를 걸고 싶어지는 날이 있다. 남편은 술을 마시지 않았을 때 불만을 얘기하면 남편은 "그래, 그래, 내가 죽일 놈이다" 이러고 만다. 그런데 술을 마시고 온 날은 "니는 뭘 잘하는데?" 이렇게 나온다. 그러면 싸움으로 이어진다. 싸우다 보면 어떨 땐 내가 하는 말이 어린아이가 떼쓰는 것처럼 되어버리는 날도 있다. 그래도 지는 건 못 참는 성격이라서 남편이 잘못했다고 할 때까지 말도 안 되는 소리로 바가지를 긁는다. 속으로 '제발 좀 미안하다 해라, 제발' 이러면서 계속 남편을 몰아붙인다.

전화도 받지 않고 집에 늦게 들어올 때는 정말 밉다. 신혼 때는 늦게 들어오면 각서도 쓰고 내가 하자는 대로 했는데, 어느 순간부터는 집에 들어오면 무조건 바로 자버린다. 아무리 깨워도 꼼짝하지 않는다. 난 화해하지 않으면 잠이 오지 않는다. 무슨 일이 있어도 안고 있어야 잠이 왔다. 둘이 싸운 것도 아닌데 화해라는 말이 어폐가 있지만, 나 혼자 남편 기다리는 동안 짜증도 나고 분명히 싸울 분위기였으니, 나 스스로라도 화해를 해야 잠이 온다. 어떤 날은 남편이 내가 올리는 팔 위에 자기 팔을 올리는 적도 있지만, 진짜 취했는지, 아니면 깨면 뭐라고 할까봐 걱정돼서 그런 건지, 아무리 깨워도 꼼짝도 안 하는 날이 있다. 그런 날은 밤새 잠이 오지 않는다. 그래도 남편한테 이런 얘기를 할 수가 없었다.

"아무리 늦게 와도 한 번만 안아주면 해결된다. 그러니까 내가 아무리 화내도 그냥 한 번 안아주라."

이 말 한마디만 남편에게 했다면 남편도 편했을 텐데. 자존심이 허락하지 않았다.

남편은 첫 발령이 회계 등 지원부서였고 난 예금, 보험을 담당하는 금융부서였다. 매번 같은 일을 할 수 없으므로 돌아가면서 일을 했다. 그러다 보니 내가 지원부서의 일을 맡게 되면 남편에게 전화해서 물어보고, 또 반대로 남편이 영업부서에 발령받으면 나한테 전화해서 물어본다. 직장에 나오면 우리는 직장동료일 뿐이다. 무슨 일인지는 기억나지 않지만 우리는 퇴근해서 심하게 다툰 적이 있었다. 그런데 다음 날 급하게 남편에게 물어볼 것이 있어서 전화를 했다.

"있잖아. 회계 처리할 때 서류가 어떻게 되지?"

"○○○ 서류."

남편의 말이 끝나기 전에 어제 밤에 싸운 기억이 났다.

"아 참, 우리 어제 싸웠재? 나중에 다시 전화할게."

하고는 일방적으로 내가 전화를 끊어버렸다. 내가 답답하고 궁금해서 전화를 했는데, 전화를 끊었으니 암담했다. 다시 전화를 걸어서 "우리 얘기는 다음에 하자. 아까 물었던 거 답…."

남편은 아무 일 없었던 듯 친절하게 가르쳐준다. 이러다 보면 언제 싸웠는지 모르게 하루가 가버린다. 그리고 퇴근시간이 지났는데 또 남편은 들어오지 않는다. 매일 이런 날의 연속이다.

한 번은 몇 년 만에 처음으로 같이 술 한잔하러 남포동으로 갔다. 남포동은 우리가 연애할 때 영화 보러 가주 가던 곳이다. 우리끼리 내기를 했다.

"누가 술이 센지 한번 마셔보자."

"좋지."

"매일 술 마시는데, 누가 술을 잘 먹는지 우리 둘이서 술이 완전히 취할 때까지 먹어보자."

소주를 두 병 시켜서 각자 한 병씩 마셨다. 맥주도 마셨다. 남편은 술이 많이 됐다. 난 정신이 말똥말똥. 남편은 '항복'의 손을 들었다.

"그럼 마지막으로 소주 한 병 시켜서 내가 다 마실게."

그래서 소주 한 병 추가로 시켜서 혼자 다 마셨다. 그날 남편은 나한테 술을 이기지 못함을 증명하고 집으로 돌아왔다. 우리는 매일 술 때문에 다퉈도 다음날이 되면 언제 싸웠는지 기억을 잘 못 한다. 바빠서인지, 다른 맘이 있는건지 아직도 잘 모른다. 아마 같은 직장 탓일 수도 있다. 직장을 같이 다니면서 우리가 사이가 좋지 않으면 업무할 때도 불편하다. 남편은 업무만큼은 나에게 도움을 많이 줬다. 부부이기에 좋았던 것 중에 하나다. 남편은 지금도 마찬가지지만 모든 것을 내가 원하는 것을 먼저 해줬다. 그런데 왜 저녁에 술은 매일 새벽까지 마시고 다녔을까?

같은 계열에서 일하다 보니 우리 부부를 모르는 직원이 별로 없었다. 바깥에서 우리 생활과는 상관없이 남편자랑을 입버릇처럼 하던 나. 매일 술 마시고 집안일에 관심도 없는 남편이 뭐가 그렇게 좋았을까? 그런데 지금도 남편이 좋다. 부모보다 편하고, 형제보다 친하다. 남편에게는 못 하는 말이 없다. 남편은 내가 어디에 돈을 쓰든 물어보지도, 못 쓰게도 하지 않는다. 남편은 나를 믿어줬다. 반대로 난 남편의 경제권을 장악하려고 했다. 우리가 경제권이 있다고 달라지는 건 없다. 남편도 나도 돈에 대해서는 자유롭다. 한 번씩 카드 대금이 많이 나오면 어디에 썼는지 물어보고 어떨 땐 짜증도 내지만, 30분을 넘기지 못한다. 카드 대금이 많이 나오면 남편은 "카드 명세서 보여줄까?" 한다. 그러면 난 "응" 그러나, 그것으로 끝이다. 결혼생활 후 지금까지 한 번도 명세서를 챙겨본 적이 없다.

몇 개월에 한 번씩 돈 때문에 잔소리는 했다. 한번씩 통장 정리를 하면 돈이 늘어나 있어야 하는데, 마이너스가 되어 있다. 사용내역을 보면 카드 대금이다.

"도대체 어디에 썼길래 카드 대금이 이렇게 많이 나오냐?"

이 질문 후 카드 명세서를 확인해본 적은 없다.

"쓸 데 썼다."

그 이상도 그 이하의 대답은 없다. 우리 부부는 대체 어떤 부류의 부부였을까? 애매모호하다. 겉으로는 절대로 친할 수 없는데 우리는 친해 보였다. 부부로서가 아니라 직장동료로서는 이보다 더 편하게 좋을 수가 없었다.

난 질투심이 많았다. 직장에서 교육이 있어서 남편이 근무하는 곳으로 갔다. 교육이 끝나고 교육생들끼리 저녁을 먹었다. 술을 한잔하고 집에 가려는데, 어떤 직원이 남편이 있는 곳을 알려줬다. 그 직원을 따라갔는데, 노래방이었다. 다른 직원들과 같이 있어서 들어가기가 좀 그랬다. 바깥에서 안을 들여다보니 남자 4명과 여자 1명이 있었다. 아마 그 여자는 도우미 같았다. 다른 남자 직원들은 직원들끼리 얘기하고 놀고 있는데, 남편은 그 아가씨와 뭐가 그리 재밌는지 안고, 웃고 난리도 아니었다.

안쪽으로 기웃거리며 보고 있는데, 누군가 나보고 안으로 들어가라고 했다. 안 들어가는 것이 맞는데, 화가 나서 나도 모르게 들어갔다. 들어갔으면 그냥 재미있게 같이 놀다가 오면 되는데, 조금 전 아가씨와 있던 남편의 모습에 짜증이 나서 화를 내고 나와버렸다. 정말 짜증이 났다. 지금 생각해보면 그때도 남편을 많이 사랑하고 있었나보다. 아니면 그런 장면을 봤다고 짜증날 리가 없다. 애인도 아니고 그냥 술집 도우미인데, 재미있게 놀기 위해 부른 도우미이니만큼 당연히 재미있게 놀아야 되는데, 그것으로 질투를 하다니. 내가 내 정신이 아니었다. 지금 생각하면 그때의 그 감정을 사랑이라고 표현하고 싶지만 그냥 질투다. 지금 아마 술집에 가서 남편이 다른 아가씨와 재미있게 놀고 있으면 그냥 웃고 바라보기만 할 것 같다. 이게 무관심인건가? 아니면 믿음이 생긴 건가? 그때보다는 지금 더 사랑한다. 돌이켜보면 질투가 많아서 나 스스로 더 힘들었던 기억이 난다. 사랑은 좋은 감정이긴 하지만, 지나치면 안 하는 것보다 못한 것 같다. 뭐든지 적당한 것이 좋다. 그런데 사랑이라는 감정은 적당하게 유지하는 것이 힘들기도 하다.

화해할 시간도 싸울 시간도 없었다

우리는 한 번씩 이렇게 얘기한다.

"우리가 시간이 조금 있었어도 벌써 헤어졌을 거다."

결혼하고 1년 정도 지났을 때 남편과 처음으로 다툰 날, 무작정 가방을 썼다. 가방을 들고 집에서 나오니 남편이 잡았다. 마지못해 잡히는 것처럼 집에 들어왔다. 그 이후로도 몇 번을 짐을 싸서 나갔고, 똑같이 남편이 잡았다. 우리는 집에 들어오면 금방 언제 싸웠는지 모르게 무덤덤하게 지낸다.

그러던 어느 날, 또 짐을 싸서 나가는데 남편이 잡지 않았다. 나오면서 '왜 안 잡지?' 하고 생각하다, 할 수 없이 엘리베이터를 누르고 서 있는데 갈 곳이 없었다. 옆에 있는 계단에 앉아 있다가 집으로 들어갔다. 언니 집이라도 가면 되는데, 20살, 10살 차이나는 언니들이 쉬운 편은 아니었다. 그것도 이유이긴 했지만, 내가 싸웠다는 걸 보여주고 싶지 않았다. 남편과 함께 있는 날 물었다.

"자기는 왜 내가 집을 나가는데 안 잡노?"

"내가 저번에 뭐 나갈까봐 무서워서 잡은 줄 아나? 나가봐야 갈 곳이 없는 줄 알아서, 그냥 자존심 세워주려고 잡아줬다. 이제는 안 잡는다."

그러니 나가지 말라는 말이었다. 그래도 남편이 생각해서 날 잡아줬다고 하니 기분이 좋았다. 남편은 싸우면서도 날 생각했다는 말이다. 우리는 따로 화해의 말로 '미안해' 이런 말을 써본 적이 없다. 그냥 시간이 오래 지나지 않아 자연스럽게 언제 싸웠냐는 듯 되고 만다. 다른 가족들처럼 어울려 놀거나 특별히 잘하는 것은 없지만, 싸운 것도, 잘 지내는 것도 아니다. 우리는 같은 직장에 있다 보니, 교육이나 워크숍 같은 데서 만난다. 신기하게 그런 곳에서 만나면 누구보다 친한 친구처럼 지낸다. 부부라는 것을 잊어버린다. 회식을 하다가 부부 얘기가 나오면 처음에는 남편이 있다는 것을 생각지도 못하고 얘기하다가, 눈이 마주치면 '헐, 남편이었네' 하고 속으로 생각한 적이 많다. 남들이 보면 이해가 안 될 수도 있다. 나도 못 믿겠는데 진실이다. 남편은 밖에서는 말도 잘하고 잘 웃고 어디 가나 분위기 메이커이다. 그런데 집에서는 말이 없고, 주로 TV를 보거나 잔다.

남편의 혈액형은 O형이다. O형은 말이 없는 줄 알았다. 그래서 남들과 얘기할 때 O형과 결혼하지 말라고 한다. 연애할 때는 모르겠는데 결혼하면 말이 없고 재미없다고… 남편에 대해 알려고도, 대화하려고도 하지 않았으면서, 남편에 대한 선입견을 만들어놓고 풀려 하지 않았다. 나에 대한 한계를 만들어놓고 도전해보지 않듯이, 남편에 대해서도 나 혼자만의 남편에 대한 규정이 있었다. 더 알려고 하지 않았다. 어제 어떤 선배언니가 이런 얘기를 했다.

"평소에 남편과 팔짱을 끼고 다녀야 된대이."

"왜요?"

팔짱을 끼지 않다가 나이 더 들어서 남편에게 팔에 손만 대도 깜짝 놀란다고 한다. 혹시 무슨 일이 있나 해서… 이 말을 듣고 한참을 생각했다.

우리는 집에서는 아들이 있든지 없든지 생각지도 않고 좁은 소파에 둘이서 같이 누워 있다. 말은 하지 않지만 집에서는 둘이 꼭 붙어 다닌다. 아이들은 우리가 잘 지내는 줄 안다. 지금 생각하면 어떻게 그럴 수 있었는지 모르겠다. 주말에 샤워할 때도 우리는 같이 한다. 아이도 샤워를 하려고 하면 함께 했다. 평일에 술 마시느라 연락이 안 되고, 투명인간처럼 말은 하지 않았지만, 집에 같이 있는 시간만큼은 스킨십을 많이 하는 편이었다. 아이들에게 특별한 교육은 하지 않았는데도, 아이들이 우리를 볼 때는 아주 사이좋은 엄마, 아빠로 알고 있었을 것 같다. 같이 안고, 눕고, 이렇게 지내면서도 우리는 친한 편은 아니다. 평일이 되면 다시 원래 상태로 언제 그랬냐는 듯이 연락도 안 되고, 기다리고, 기분 상하고, 또 그렇게 지낸다.

아무리 술이 취해서 와도 우리는 각방은 쓰지 않았다. 어느 날

우연히 큰 방문에 조그마한 글씨로 뭔가 적혀 있는 것을 보았다.

'이상한 짓 하지 마시오, 이 문이 다 보고 있습니다.'

우리 부부는 이 글을 보고 경악했다. 둘째가 초등학교 때 적어 놓은 것이다. 이 글을 보고 나서야 우리는 우리가 하는 행동들을 아이가 보고 있다는 것을 생각했다. 그래도 아이에게 싸우는 것을 보여주는 것보다는 낫다고 스스로 합리화를 했지만, 충격은 충격이었다. 대체 우리 사이는 뭘까? 어떤 사이일까? 그냥 가족이면서 친구, 그것도 아니다. 집에서 지내는 평일, 주말, 직장생활할 때, 우리는 다 달랐다. 대화도, 하는 행동도, 바라보는 눈빛도⋯.

남편과 이혼을 생각한 적이 있다. 같은 직장이다 보니 이혼하면 불편할 것이 많았다. 우선은 습관처럼 칭찬만 하고 지내다 보니, 남편은 남들에게는 이상적인 사람이었다. 이혼하면 나만 욕먹을 것이 뻔했다. 그래서 작전을 짰다. 이제는 남편의 흉을 보기로⋯.

그런데 욕하면 "결국은 남편 자랑이네" 이렇게들 얘기한다. 내가 무슨 얘기를 해도 당연히 자랑하는 것인 줄 안다. 한마디 덧붙인다. "니 남편 같은 사람이 어딨노?" 이혼하면 나만 나쁜 사람이 될 것 분명했다. 그래도 한동안은 남편 욕만 하고 다녔다. 아무런 효과도 없는 것을 알면서도.

남들에게는 이상적인 부부로 보이는 우리, 평일에 매일 늦게 들어오는 남편과 말 한마디 하지 않으면서, 근무시간에는 친한 동료로서 전화로 이것저것 물어보기도 한다. 같이 집에 있으면 말은 없어도 꼭 안고 지낸다.

우리는 화해할 시간도 다툴 시간도 없었다. 새벽에 들어와서 바로 뻗어서 자고, 난 그 옆에서 아무 일 없듯 아침을 맞이한다. 사실은 화해가 필요 없었다. 남들처럼 크게 싸우면 화해라고 하면 되는데, 사이가 그렇게 좋지도 않으면서도 싸울 시간이 없었다. 내 성격은 저녁에 아무리 화가 나도 다음날이 되면 잊어버린다. 직장에 나가서 일하다 보면 다른 것은 생각나지 않는다. 매일 연락이 안 돼서 원수 같은데, 우리는 원수도 아니고 친구도 아니었다.

어느 날 TV를 보는데 연세 많으신 부부가 나왔다. 그분들은 아직도 신혼처럼 사는 모습이었다. 처음부터 자세히 보지 않아서 확실히는 모르겠는데, 할머니는 거실에서 하이힐을 신고 남편 앞에서 우아한 춤을 추고, 남편은 그런 아내를 흐뭇해하며 사랑스런 눈길로 바로보고 있었다. 우리는 그 장면을 보고 TV니까 연출이라고 했다. 어떻게 부부가 저렇게 지낼 수 있는지 상상이 되지 않았다. 부럽기는 했지만, 우리 부부도 저렇게 지낼 수 있다는 깨달음은 받지 않았다. 지금 생각하면 우리도 충분히 할 수 있는 일인데, 왜 우리는 당연히 할 수 없는 일이라고 단정했는지 모르겠다.

이사하기로 되어 있는데 남편이 외박하고 오던 날이 생각난다. 그 날은 화가 많이 났다. 난 평소와는 다르게 남편에게 크게 대들었고, 술 취한 남편도 화가 났던 모양이다. 오래된 일이라 기억이 잘 나지 않지만, 남편은 베란다에 있는 창문이 깨지도록 뭔가를 던졌다. 나는 급한 마음에 큰언니 집에 전화를 했다. 큰언니와 둘째 조카가 달려왔다. 둘째 조카는 나와 3살 차이다. 늘 착하고 좋은 남편이 집을 이 지경으로 만들었으니, 큰언니는 남편을 많이 나무랄 줄 알았다.

"남자가 술을 마시고 오면 그냥 내버려둬라. 얼마나 속이 상하면 이 시간까지 술을 마셨겠노?"

그런 상황에서도 언니는 남편 편을 들어줬다. 그래도 둘째 조카는 "우리 이모한테 잘해주세요. 한 번만 더 이러시면 제가 안 참습니다" 했다.

내가 일찍 결혼했으니 조카는 미혼이고 어렸다. 그 말을 들으니 든든하고 좋은 면도 있었지만, 왠지 다시는 친정에 알리지 않아야 되겠다는 생각이 들었다. 그 이후로는 크게 싸울 일도 없었지만, 좋지 않은 일은 알리지 않았다. 혹시나 정 서방 욕을 해도 언니는 끝까지 정서방 편이었다.

"정 서방 같은 사람 이 세상에 없다. 잔소리하지 말고 살아라."

74세인 큰언니가 평생 내게 하는 말이다. 어쩌면 이 말이 내게 지금의 행복한 삶을 만들어줬는지도 모르겠다. 내 머릿속에 늘 언니의 말이 새겨져 있었으니…

자식 때문에

우리 세대는 자식 때문에 이혼하고 싶어도 못 하고 할 수 없이 살아간다고 한다. 자식이 다 자라 자립할 때까지 기다린다. 특히 요즘은 황혼이혼이 많다. 우리 부부는 특이했다. 신혼 때 한 대화다. 그때는 이혼을 생각해본 적이 없이 좋을 시기다.

"우리가 만일에 헤어지면 아이는 자기가 데려가라."

"싫다, 니가 데려가라."

이혼이라는 단어가 아무렇지도 않은 듯 '네가 데려가라' 하면서 얘기한다. 실질적으로 이혼을 생각하지 않아서일 것이다. 철없는 부부였던 것은 맞는 말이다. 이혼이라는 말도 이렇게 쉽게 꺼내고, 아들이 태어나기도 전에 서로에게 자식을 떠맡기는 생각을 했으니…. 진심으로 이런 말을 했으면, 우리는 자식을 낳지 않는 것이 맞는다. 자식을 서로 내가 키우겠다는 애정도 없이 아이를 낳는다는 것은 말도 안 된다. 그런데도 우리는 이런 대화를 했다.

남편이 미우면 자식이 같이 미워 보인다는 말을 들었다. 그런데 남편이 늦게 들어오고 속이 많이 상해도 남편과 자식은 별개였다. 남편이 밉다고 자식이 왜 미울까. 그것은 아직도 이해가 가지 않는다. 자식들 생각하면 눈물이 먼저 난다. 헤어지는 것 생각만 해도 애들 얼굴이 떠올라서 다른 생각은 할 수가 없다.

글쓰기 수업을 하면서 만난 작가님 중에 모든 것을 자식 중심으로 생각하는 사람이 있다. 그 작가님은 한 번도 자식을 떠나서 생각하는 것을 본 적이 없다. 타로를 배우고 온 한 작가님이 재미로 가르쳐준 타로를 봤다. 자식을 전부로 여기고 살아온 그 작가님은 타로까지도 마지막 한 장이 남았을 때 자식과 함께 있는 것을 골랐다. 잘 모르는 타로여서 우리 스스로가 해석한 것이지만, 해석이 한 사람, 한 사람의 삶과 비슷한 것 같았다. 모든 것을 자식에게 맞추고 자식을 위한 삶을 생각하는 그 작가님이 부럽기도 하고 존경스러웠다.

난 우리 아이들이 대견스럽고, 아이들에게 늘 미안한 마음을 가지고 있다. 어릴 때부터 직장생활을 하느라 잘 돌보지 못했는데도 우리 아이들은 한 번도 말썽 피우지 않고 잘 컸다. 아이는 아이다워야 하는데 우리 큰아들은 아무것도 모르는 돌이 되기 전에도, 어른들이 손댈 것은 건드리지 않았다. 그런 아들을 생각하면 가슴이 더 아프다.

우리 부부는 자식으로 인한 큰 걱정이 없었다. 어떻게 생각하면 자식으로 인해 우리의 성장이 있었는지 모르겠다. 우리는 둘

다 막내다 보니 맏이다운 든든함은 없었다. 늘 누군가 옆에서 해 주길 바라는 것이 내면에 있었다.

강주혜 작가의 책 『어디서나 아버지가』를 읽는데, 다른 세상을 보는 것 같았다. 작자의 어린 시절 아버지의 모습을 그대로 볼 수 있었다. 그동안 잊고 있던 아버지의 존재에 대해 생각했다. 난 아버지가 초등학교 2학년 때 돌아가셔서 아버지에 대한 애틋한 정이 별로 없다. 아버지라는 단어부터 내게는 익숙하지 않다. 저자에게는 아버지가 전부였다. 아버지의 사랑 방법을 읽는 동안 내 아버지와 비교가 되었고, 저자의 삶이 부러웠다.

아버지가 일찍 돌아가셔서 내게 아무것도 남은 것이 없는 것에 대해 한 번도 아쉬움이 남은 적이 없다. 아버지와 관련해서 어릴 때부터 머리에 자리 잡고 있는 것은, 엄마 입장에서 보면 '집에 계시지 않으면 더 좋은 분'이었다. 아버지에 대해 떠오르는 이미지는 '강압적이고 늘 술에 취해 사시는 분'이었다. 대부분의 아버지는 내가 생각하는 아버지일 거라는 생각을 하고 지냈다. 친구의 아버지는 자상하고 좋은 아버지였지만, 친구 집에 놀러가면 오래 뵐 수 있는 분이 아니었다. 그랬기에 난 아버지라는 이름을 가진 사람은 다들 집에는 관심이 없는 줄 알고 지내왔다.

『어디서나 아버지』라는 책을 보는 내내 책 속으로 빨려들어갈 것만 같았고, 강주혜 작가님의 어릴 때 삶을 머릿속에 그대로 그릴 수 있었다. '난 왜 이런 아버지를 못 만났을까? 강주혜 작가님의 아버지처럼 나도 아버지와 대화를 많이 하는 아이로 자랐더라면 어땠을까?' 책을 보면 볼수록 작가가 부러웠다. 좋은 아버지에 대한 간절함이 하루종일 좋지 않은 기분으로 이어졌다. 되돌릴 수도 없고 아버지를 바꿀 수도 없는데, 계속 아버지에 대한 미련이 머리 속에 떠올랐다. 지금도 그 책이 내 옆에 있다. 아버지라는 단어가 살면서 이렇게 마음에 와닿을 날이 있으리라는 걸 상상하지 못했다. 아버지의 사랑을 듬뿍 받은 작가는 자식에게도 아버지의 사랑을 떠올리며 적용하려 했다. 살면서 '아버지의 삶을 다시 떠올리며 아버지의 대화법을 따라하고 싶은 딸'. 나에게는 이런 기회가 없었다.

이 글을 보면서 자식들에게 더 미안했다. 우리 자식들이 우리를 떠올리면 머릿속에 무엇이 남을까? 남편도 아버지가 일찍 돌아가셔서 나와 아버지에 대해 생각하는 것이 비슷할지도 모른다. 나는 시아버지에 대해 물어본 적이 없다. 남편은 시어머니에 대해서는 가끔씩 얘기하는데, 아버지에 대해서는 여태 한번도 들어본 적이 없다. 혹시 아픈 상처가 있는지도 몰라서 알려고 하지 않았다. 아버지가 어떤 분이든지 상관없었다. 그런데 이 책을 보고 나니 우리 부부는 받지 못한 사랑만큼 자식에게 사랑을 주는 법을 몰랐다는 것을 알 수 있었다. 평소에 아버지에 대해 많이 생각하고 있었더라면, 아이들을 키울 때 아이들이 생각하는 부모에 대한 이미지를 더 좋게 해주기 위해 조금 더 노력하지 않았을까 하는 생각이 든다.

아이들은 부모를 보고 자란다는 말이 있다. 우리 부부는 생각해보면 보고 배운 게 별로 없다. 내가 생각하는 아버지보다 남편은 훨씬 좋은 편이다. 남편은 술을 좋아해서 매일 마시고, 새벽에 들어오고, 연락이 안 되는 것 빼면 괜찮다. 직장도 다니고, 성격도 좋고, 아버지처럼 폭력을 쓰는 것도 아니다. 아버지에 대해 떠올려지는 기본 이미지와는 거리가 있다. 남편은 내가 본 남자 중에 참 좋은 사람임에는 틀림없다.

오빠는 서울대학교를 졸업해서 공인 회계사를 하고 있다. 어릴 때 오빠는 아버지를 피해다녔다. 아버지가 일찍 들어오시는 날에는 오빠가 집에 오지 않아서 내가 늘 찾으러 다녔다. 오빠는 아버지가 잠들고 나면 조용히 들어왔다. 아버지 얼굴을 보려고 하지 않았다. 오빠는 크면서 내게 그랬다.

"나는 절대 아버지처럼 살지 않고, 아버지 같은 사람은 되지 않을 거다."

낮 시간에 오빠는 날 돌봐주었다. 누구보다 자상한 오빠였다. 오빠는 직업상 술자리가 많았다. 술을 잘 마시는 아버지를 닮은 건 나 혼자였다. 오빠는 술이 약했다. 술을 마시면 많이 취했고, 술에 취해서 들어오는 오빠를 새언니가 가만히 재우지 않았던 것 같다. 직업을 가지고 있지 않은 언니는 하루 종일 오빠를 기다렸고, 그런 오빠가 집에 오면 화나지 않을 리가 없다. 사랑하는 만큼 바가지를 긁었을 것 같다. 오빠는 자신도 모르게 언니와 많이 싸운 것 같다. 작은언니가 전화로 내게 알려준다. "야, 야, 니 오빠가 어제 또 올케랑 싸워서 올케가 울고 난리도 아니었다." 이런 말을 자주 들었다. 절대로 아버지처럼 살지 않겠다고 다짐했던 오빠는 어디 갔는지….

오빠는 다음 날 꼭 후회했다. 오빠처럼 아버지도 엄마와 다투신 날 후회했을까? 난 아버지의 후회하는 모습이 생각나는 건 없다. 오빠는 옛날 사람이다. 아들을 낳기 원했는데, 딸만 둘이다. 첫째 딸은 그나마 괜찮았는데, 두 번째도 딸을 낳자 오빠는 병원에 있다가 그냥 가버렸다. 그러던 오빠가 지금은 자식 얘기만 하면 전화하는 목소리가 달라진다. 어릴 때부터 책을 좋아했던 조카는 연세대를 나와서 이화여대 로스쿨을 거쳐 변호사의 길을 가고 있다. 둘째는 모델이 되려고 준비하고 있다. 둘 다 예쁘다. 새언니와 이혼의 고비는 많았지만, 자식들 때문에 유지해온 가정이 지금은 아무 일 없었다는 듯 잘 지내고 있다. 부부관계에서는 자식들이 크게 비중을 차지하는 것이 맞다. 우리도 아마 자식이 아니었으면 같이 글을 쓰고, 책을 읽고, 이렇게 행복하게 지내는 시간을 갖지 못했을 것이다.

싱글 침대

남편은 술을 좋아하는데 술에 약하다. 주로 맥주만 마시는데, 조금만 마셔도 취한다. 술이 술을 먹는다는 말이 있다. 남편은 술에 취하면 주위에 아무도 없어야 집에 온다. 한 명이라도 남편 같은 사람이 있으면 밤샘을 하게 된다. 남편이 들어오는 시간은 평균 2시가 넘어서이고 신문, 우유와 같이 들어오는 날도 많다. 남편이 들어올 때까지 기다리지 않고 자면 괜찮은데, 이상하게 잠이 오지 않아 피곤할 때가 많았다.

나는 기초체력이 튼튼한 편이다. 남들 같으면 며칠만 잠을 잘 못 자도 피곤해서 난리일 텐데, 잠을 못 자고 출근해도 하루 거뜬하게 견딘다. 어릴 때 산에서 혼자 놀 때, 칡이나 소나무 등 몸에 좋은 것을 많이 먹어서 그럴까? 하루종일 부모님이 집에 계시지 않아서 주로 산에서 칡이나 소나무를 먹고, 주위에 과일이 많아서 과일도 많이 먹었다. 어릴 때 먹고 자란 음식이 몸에 좋은 건지는 모르겠다. 초가집이 있는 시골이고 차도 없고 나무도 많아서 공기가 좋았다. 요즘보다 옛날이 공기가 좋은 건 당연하지만, 다른 마을에서 멀리 떨어져 있어서 공기가 더 좋았을 것 같다.

우리 동네는 몇 가구 되지 않아서 아이들이 많지 않았다. 여자아이, 남자아이 구별 없이 축구하고, 소꿉놀이하고, 구슬치기를 하며 같이 놀았다. 소꿉놀이할 때는 내가 대장이었다. 소꿉놀이할 때 부부를 정하는데 파트너가 내 마음에 들 때까지 가위바위보를 다시 했고, 그런 나를 나무라는 사람은 없었다. 부모님이 오래 내 곁에 계시는 시간은 없었지만, 늦둥이이다 보니 식구들이 귀여워해줘서, 내가 말하는 건 어떻게 해서든지 다 이루어지는 것 같았다. 난 불만이 없는 편이다. 불만이 있어도 어디다 말해서 풀어버리거나 나에게 맞게 합리화 해버리고 금방 잊어버리는 편이다.

자라온 성격 탓인지 남편이 술이 아무리 취해서 와도 입으로는 뭐라고 하지만 속으로는 걱정한다. 속으로 내가 걱정하는 것을 남편에게 '나 표현법'으로 대화했더라면, 아마 남편은 술을 그렇게 많이 마시지 않았을지도 모른다. 부모와 아이가 갈등이 생길 때는 왜 그런지 고민을 하고 풀려고 노력한다. 아이에게 하듯이 부부가 대화를 시도했다면 얼마나 좋았을까?

우리는 하루도 각방에서 지내본 적이 없다. 어릴 때 우리 부모님은 자주 같이 있지는 않아도 방이 하나밖에 없으니까 가족 모두 한 방에서 같이 지냈다. 당연히 한방에서 지내는 줄 알고 컸다. 부부가 따로 지내는 건 상상을 못 했다. 아이들은 어릴 때 되도록 따로 재워야 자립성이 커진다는 말을 들어서 다른 방을 줬다. 하지만 부부는 같은 방을 사용해야 한다는 것이 어릴 때부터 갖고 있는 나만의 규정이었다. 남편이 늦게 들어와도 다른 방에 가거나 거실을 이용한 적이 없다.

40살이 넘어서 친구 집에 놀러갔다. 넓은 맨션이었다. 거실에서 이런저런 얘기를 했는데, 친구는 남편과 차를 마시면서 대화를 많이 하는 편인 것 같았다. 친구의 남편은 내가 잘 아는 사람이다. 대학시절 야간학교 교사를 할 때 우리보다 1년 선배였는데, 교장이었다. 술도 마시지 않았고, 반듯한 생각과 결단력이 있는 사람이었고, 내가 잠깐동안 짝사랑했던 사람이다. 야학교사 시절 책을 읽고 토론하는 시간이 있었는데, 친구 남편이 있으면 떨려서 내가 해야 될 말도 다 잊어버리고 떨기만 했다. 그래서 한 문단도 얘기 못 하고 멈추었던 적이 많았다. 친구 남편은 말을 잘했다. 얼굴이 귀엽게 생겼고 생각이 깊었다. 목소리도 좋은 편이고, 대화할 때 잘 들어주고 조언도 잘해주는 모범적인 사람이었다. 우리 부부는 얼굴 보기도 힘든데, 둘이서 차 마시며 30분 이상 대화한다는 얘기에 질투와 부러움, 어느 것인지 모를 감정을 느꼈다.

잊고 있었는데, 친구 부부에 관한 옛 일이 스쳤다. 내가 첫 발령을 받아서 하동으로 갔다. 친구 남편에게서 전화가 왔다. 하동으로 놀러오겠다고 했다. 나는 그때 친구와 사귀고 있는 줄도 모르고, 하동으로 온다는 말에 가슴이 뛰었다. 친구와 친구 남편이 놀러왔다. 평일이었는데 지금 같으면 연가를 내서 같이 시간을 보내는데, 그때는 내가 없으면 직장이 돌아가지 않는다는 잘못된 생각을 하고 있을 때였다. 난 출근을 하고, 친구 부부 둘이서 불일폭포도 다녀오고 좋은 시간을 보냈다.

그 이후 둘이 결혼한다는 소식이 들려왔다. 결혼 후 10년 넘게 만나지 못했다. 소식을 몰랐다. 컴퓨터가 나오기 전 하이텔이라는 단말기가 있었다. 하이텔이라는 단말기에 이름을 검색해서 어디 사는지 조회해보기도 했다. 한참을 잊고 살았는데 어느 날 내가 다니는 직장에 친구 남편의 친구가 우편물을 보내러 왔다. 그 이후에 친구와 연락을 시작했고, 친구 집에까지 가게 되었다.

친구와 한참을 얘기하다가 집 구경을 한다고 안방에 들어갔다. 싱글 침대가 두 개 있었다. 한 방에 침대 두 개가 신기했다. 같은 방이므로 각방은 아니다. 그런데 난 부부가 따로 잔다는 것도 처음 들어봤다. 친구에게 물었다.

"왜 방에 침대가 두 개가 있노?"

"응, 우리는 잘 때 따로 자, 난 옆에 사람이 있으면 잠을 못 자."

이렇게 대답하는 친구가 이해되지 않았다.

'옆에 사람이 있으면 잠이 안 오는데 어떻게 결혼을 했지? 부부가 같이 안 자도 되는 건가?'

속으로 생각하다가 궁금해서 다시 물었다.

"부부가 같이 안 자도 되나?"

어리석은 질문인 줄 모르고 난 당연한 듯 질문했다.

"당연하지."

이 말을 듣고 충격 아닌 충격을 받았다. 친구의 방을 보고 난 이후로 남편을 대하는 내 태도가 달라지기 시작했다. 남편이 다른 날과 마찬가지로 새벽에 들어왔다. 남편이 오는 것을 보자마자 먼저 안방에 들어가서 문을 잠가버렸다. 결혼하고 한 번도 그렇게 해보지 않았는데, 갑자기 변한 나를 보고 술 취한 남편도 평소 같으면 방에 바로 뻗는데, 그날은 "와 그라는데?" 했다. 나는 "다른 방에서 자!" 했다.

그것이 불행의 시작이었다. 난 친구와 반대로 남편이 옆에 없으면 잠이 오지 않는 스타일인데, 용기를 내서 문을 잠그고 나니 처음에는 잠이 오지 않는다. 습관이 중요하다. 한번 떨어져 자니 두 번 괜찮았다. 그런데 예전에는 말로만 미웠다면, 이제는 마음까지 미워지기 시작했다. '몸이 멀리 있으면 마음이 멀어진다'라는 말이 여기도 적용되는 건가? 카드 대금이 많이 나오는 남편이 미워지기 시작했고, 이혼이라는 것을 생각하게 되었다. 지금도 후회하는 게 있다면 부부가 각방을 쓴 것이다. 각방을 씀으로써 그동안의 사이를 악화시키는 계기가 된 것 같다.

생각해보면 아무리 화가 나도 각방을 사용하지 말아야 한다는 것이 지금도 변함없는 내 생각이다. 지금은 남편이 술을 마시고 들어오면 꿀물을 타줄 수 있고, 술 마시고 들어오는 남편에게 건강을 위해 진심으로 걱정하는 나를 보여줄 수 있을 것 같다. 그때는 늦게 들어오는 남편을 투명인간 보듯이 들어오면 바로 방으로 들어가고, 어떨 때는 방에 들어가서 문을 잠가버린다. 다행히 내가 문을 잠그고 들어갈 때는 아이들이 집에 같이 살지 않을 때였다. 우리는 늘 같이 있는 모습을 보여줬다. 아이들이 우리의 좋지 않은 모습을 보지 않아서 다행이다. 아이들은 우리가 예전부터 사이가 좋은 줄 안다.

같은 직장이 우리 사이를 지켜준다

첫 발령지에서 남편을 만났다. 발령받기 전 교육원에서 만난 남편은 직장동료로서 예전이나 지금이나 변함없이 좋다. 남편으로서의 불만은 직장에 오면 잊어버린다. 직장에서 보는 남편은 모든 것을 떠나서 자상하고 누구보다 편안한 동료다. 같은 사무실은 아니지만, 같은 부처에서 28년간 근무하면서 남편이라고 느낀 적이 거의 없다. 남편은 직장 일이라면 제일 먼저 도와준 든든한 후원자다.

그런데 집에서는 완전히 달랐다. 같은 사람인데, 집에서와 직장에서의 모습이 완전 달랐다. 생각해보니 남편이 다른 것이 아니라, 내가 남편을 대하는 것이 달랐던 것 같다. 직장에서 전화할 때 난 누구보다 다정하게 물어보기도 하고 얘기도 한다. 그런데 왜 집에서는 안 될까? 내면에 잠재되어 있는 남편이라는, 아버지라는 인식에서 비롯된 것 같다. 내가 어릴 때부터 자라온 환경 때문에, 내 잠재의식 속에서 남편과 아버지의 존재는 말이 필요 없는 사람들이었다. 불만이 있으면서도 말하지 않았고, 대화를 해볼 생각을 못 했다.

사람들에게 남편을 얘기할 때 직장동료로서의 남편을 얘기한다. 같은 직장이다 보니 아는 직원들 사이에서 남편 얘기를 자연스럽게 하게 된다. 남편은 나보다 상위 부서인 우정청에 오래 근무했다. 그러다 보니 아는 직원이 많다. 그리고 업무에 대해서는 남편보다 내가 아쉬울 때가 많다. 남편과 같이 있으니 좋은 점이 많았다. 부부가 같은 직장에 다니는 것에 맘이 든든했다. 내 승진에 남편이 방해되기 전까지만 해도.

남편으로 인해 승진이 밀릴 때부터 남편에 대한 원망이 자랐다. 솔직히 남편 잘못은 아니다. 알지만 예전에도 술을 좋아했는데 술 마시고 오는 것도 더 싫었고, 무슨 일을 해도 좋게 보이지 않았다. 같은 직장이라서 가정생활이 어떻게 되든 우리는 친하지도 안 친하지도 않게 지내왔다. 그러다가 갑자기 이런 상황이 되니 모든 것이 좋지 않은 것처럼 느껴졌다. 내 인생에서 남편이라는 단어를 빼고 싶었다. 직장에서도 나에게 도움이 되지 않는 존재로 느껴졌다.

어느 날 이런 생각이 들기 시작했다. 내가 이렇게 힘든데 남편은 힘들지 않을까? 난 스트레스가 쌓이면 남편한테 풀면 되는데, 남편은 불만을 받고만 지냈을 것이다. 여자는 속이 상하면 울면서 푼다. 남자는 우는 것도 힘들다. 남편 혼자 속상하고 힘들었을 것을 생각하면 마음이 아프다. 진작 남편을 생각하고 함께했더라면 하는 후회가 남는다. 우리는 '걸'이라는 후회를 많이 하게 된다. 이렇게 할 걸, 저렇게 할 걸, 하지말 걸… 후회해봤자 아무런 소용이 없다는 걸 알면서도 잘 되지 않는다. 같은 직장으로 인해 상처받으면 혼자만의 아픔이 아니다. 그런데 지금도 나는 내가 피해자라고 생각한다. 나한테 바가지 긁히고 사는 남편은 더 피해자다. 그런데도 남편은 한 번도 불평하지 않는다. 우리는 직장에서 스트레스도 받지만, 직장으로 인해 지금까지 부부의 연을 잇고 사는 사람들이다. 직장이 우리 사이의 은인이기도 하다.

남편은 직장에서 업무적으로 얘기해서 도와달라고 하거나 모르는 것을 물어보면 잘해준다. 하지만 집에서 내가 아는 동료의 뒷담화를 해서 풀려고 하면 받아주지 않았다. 시시콜콜 회사 얘기하는 것을 싫어했다. 그래도 같은 직장이고 마음대로 얘기해도 괜찮은 상대가 남편이기에 영혼 없는 얘기라도 말로해서 풀고 싶을 때가 있다. 그럴 때마다 남편은 리모컨으로 TV를 틀거나 신문을 찾는다. 듣는지 안 듣는지 대꾸도 없다. 그런 남편이 서운했지만, 지나고 보면 그것이 나에게는 좋았다는 생각이 든다. 안 좋은 얘기를 하면 순간의 스트레스는 풀릴지 모르지만 지나고 나면 남는 것도 없고 오히려 꺼림칙하다. 우리는 잘 삐지고 자주 말도 안 하지만, 말 안 하는 것도 하루를 넘기지 못한다. 언제 그랬냐는 듯이 서로에게 얘기를 하고 있다.

독서 리더 과정을 마친 후 독서모임을 하고 있다. 남편은 동래에서, 나는 개금에서 한다. 서로 2주에 한 번씩 격주로 하지만, 양쪽에 다 참여하다 보니 매주 하는 셈이다. 이번 주는 남편이 리더로 이끄는 '동래나비'로 가는 날이다. 독서모임의 책자는 김승호 대표님의 『생각의 비밀』이다. 독서모임 진행 과정 중 본 것, 깨달은 것, 적용한 것 중에서 본 것에 대해 발표하는 시간이다.

남편이 선택한 본 것은 '자녀에게 너무 연연하지 마라. 아이가 초등학생 이상이라면 이제 더이상 우선순위를 아이에게 두지 마라. 배우자 먼저 챙기고 배우자 먼저 살피고, 배우자와 놀아라'이다. 남편이 본 것을 발표하니 주위 선배들이 "지금 그렇게 하고 있잖아요?" 했다. 남편은 책에 빨간 볼펜으로 줄을 그어놨다. 남편도 나와 놀지 않고 술과 함께 놀아온 게 생각난 모양이다. 그런데 직장에서는 우리가 잘 지냈기 때문에 우리 사이를 잘 모른다. 직장에서는 이상적인 부부의 모습이다. 그런데 집에서는 한마디도 하지 않았다. 서로가 옆에 있어도 외롭고 심심해했다. 우리는 서로 바깥만 바라보며 지냈다.

우리가 지금처럼 지내리라고는 생각도 하지 못했다. 부부도 아니고 친구도 아닌 사이로서 끝없이 그냥 가족으로만 지내고 마는 줄 알았다. 생각해보면 특별히 심각하게 싸우면서 살지는 않았기 때문에, 자연스럽게 같은 취미를 하면서 남편으로, 친구로, 동료로 지내고 있는 것 같다. 남편과 늘 함께하니 외로울때도 없고, 재미도 있다.

단지 부족한 것이 있다면 시간이다. 술 마시고, TV 보고, 소파에 누워 자다 깨다 하면서 말로만 바쁘다고 지내던 그 시절의 시간부족과는 다르다. 지금은 시간을 쪼개서 사용해도 부족하다는 것이다. 아침 4시부터 밤 11시까지 시간 계획을 짜서 움직인다. 출근부터 퇴근까지 직장에서 보내는 시간이 10시간, 자는 시간 5시간, 아침 및 출근 준비 1시간, 운동 2시간, 또는 운동 대신 모임 시간을 제외하면 평균 6시간은 내 시간인데도 부족하다. 바쁘면서도 행복하다.

행복하게 사는 방법은 뚜렷한 목표가 있고, 재미와 의미와 몰입할 수 있는 일이 있으면 된다고 한다. 남편과 나는 글쓰기를 하고 있다. 글쓰기를 하루 평균 1시간에서 2시간 정도 한다. 독서는 기본 1시간, 하루가 어떻게 가는지 모른다. 하는 일에 성과를 보이면 보람도 느낀다. 헛된 시간을 보내지 않고, 정년 후 생활을 준비하는 것도 의미가 있다. 남편과 즐겁고 행복한 일을 하면서 직장에서 적용해서 성과를 낼 것이 없을까 고민한다.

독서모임을 일반인들보다는 함께 하는 동료들 대상으로 하고 싶었다. 우물 안 개구리처럼 살던 우리의 경험을 바탕으로 꿈을 찾아서 즐겁게 일하는 분위기를 만들어주고 싶은 것이 남편과 나의 꿈이기도 하다. 헛된 시간을 많이 보낸 것에 후회를 많이 하게 됐다. 열심히 일만 한다고 직장이 우리의 미래를 보장해줄 수 없다. 꿈이 있는 사람은 행복하다. 직원들이 꿈을 가지고 살아갈 수 있도록 도와 주고 싶다.

우리 부부가 젊었을 때 찾지 못한 꿈을 직장동료들에게 찾아주고 싶다. 꿈이 있는 사람은 직장생활도 더 재미있게 하고 성과도 올릴 수 있다고 생각한다. 꿈이 없는 사람들보다 열정적이면서 능동적이고 긍정 에너지로 업무의 효율을 몇배 더 올릴 수 있다고 생각한다.

독서에 관심이 없을 때는 독서모임이 따분하고 재미없다는 선입견을 가지고 있었다. 그런데 독서리더 과정을 하면서 독서모임을 해보니, 술 마시고 얘기하면서 스트레스 푸는 것과는 완전히 다르다. 물론 가끔씩 술자리가 필요한 경우도 있지만, 내 경험으로는 독서만큼 스트레스 해소에 좋은 것이 없는 것 같다. 책에서 얻은 지식과 깨달음을 개인, 직장 모든 분야에 적용해볼 수 있다. 같은 책을 읽어도 여러 사람의 의견을 들음으로써, 내가 몰랐던 것도 하나씩 알아가는 즐거움을 느낄 수 있다.

독서모임을 처음시작할 때 별로 하고 싶지 않아서 억지로 끌려서 온 사람도 고맙다는 인사를 하는 경우가 많다. 나의 변화된 직장생활, 개인생활을 내 주위의 사람들에게 선한 영향력을 끼치고 싶다. 하지만 직장동료들은 독서모임을 아직 잘 받아들이지 않는다. 무슨 일이든 강제는 소용이 없다. 자발적으로 하고 싶을 때까지 기다려야 한다.

우리는 페이스북이나, 블로그, 아니면 구전에 의해서 일반인들을 대상으로 우선 독서모임을 한다. 직장동료 3명이 있다. 부부로서의 생활이 무의미할 때, 직장이 우리를 동료로 끝까지 버리지 않고 데리고 와줬다. 우리의 생계까지 책임져준 고마운 직장, 고

마운 직장동료다. 다른 일반인보다는 직장동료들에게 우선 꿈을
찾아서 행복한 인생을 찾을 수 있도록 도와주고 싶다. 독서모임
을 마치고 나오는데 직장동료 중 한 사람이 나를 보고 얘기했다.

"우리는 참 우물 안 개구리처럼 살아왔어요."

이 말을 듣는 순간 독서모임을 시작한 보람이 있었다. 독서모임
으로 인해 우리 부부는 직장동료로서 친하게 지내는 것 외에도,
같은 꿈을 꾸는 좋은 친구로 살아가고 있다.

안아주기를 바랐다

왜 남편이 집에 일찍 오기를 바랐을까? 습관처럼 집에 내가 먼저 들어가면 그 시간부터 남편이 올 때까지 기다리면서 불만이 생겼다. 어떤 날은 나도 같이 회식이 있다. 집에 들어오면 남편이 없다. 내가 들어오고 5분 정도 있다가 남편이 들어오는 소리가 났다. 난 오랫동안 기다린 척 늦게 왔다고 잔소리를 했다. 집에 오면 어린 애들이 없어서 돌 봐줄 아이가 없는 날에도 단지 늦게 들어온 사실 하나만으로 습관적으로 안 좋은 소리를 한다. 오래 기다리지도 않았는데 말이다. 바가지 대신 늦게 들어온 남편에게 따뜻한 말 한마디 했어도 됐다. 그런데 늘 안 좋은 소리만 했다.

남편은 어느 순간부터 이미 계산하고 들어오는지, 정확하게 안방으로 들어가서 바로 자는 척해버렸다. 깨워도 움직이지 않는다. 좋은 소리든 안 좋은 소리든 아무것도 할 수가 없었다. 시간이 갈수록 집안에서 우리가 하는 대화의 수는 날마다 줄어갔다.

신혼 때 남편이 늦게 들어오기 시작할 때는 집에 들어오면 종이에 각서를 썼다. 각서도 모아놨어야 하는데 받자마자 바로 버려버린 바람에 약속한 것을 보여줄 수가 없었다. 각서도 많이 쓰니 식상해서 잔소리만 했다. 남편은 "미안하다"고 한마디 한다. 난 미안하다는 말로 성이 안 찼는지 뭘 요구하는지도 모르는 채, 내 속이 풀릴 때까지 남편을 달달 볶았다. 남편은 처음에는 귀찮아하면서도 내 얘기를 다 들어줬다. 그런데 시간이 갈수록 잔소리에 익숙해졌고, 바로 자버렸다.

그렇게 세월을 보내면서 생각해봤다. 남편이 늦게 올 때 술을 매일 마시는 이유와 어떻게 하면 귀가를 빨리 할 수 있을까하는 고민을 했어야 했다. 그리고 내가 남편에게 진심으로 요구하는 게 무엇인지 생각해봤다. 아무리 늦게 들어와도 남편이 나를 안아주면 난 반항도 하지 않고, 바가지도 안 긁었다. 남편은 계속 변해 가는 나에 대해 원인을 해결해 볼 마음도 없었고, 매번 긁는 바가지를 당연한 듯 받아들였다.

남편은 출·퇴근 때 안아주고 뽀뽀해 주던 것조차 하지 않았다. 늦게 들어와서 내가 기분이 좋을 리가 없는데, 남편은 하고 싶어도 못 했을 것이다. 이해하면서도 서운했다. 스킨십은 아이들에게도 부부끼리도 가능하면 하는 것이 좋은 것 같다. 아이들에게 스킨십은 안정감을 준다고 한다. 지금은 우리는 되도록 아이들에게도 스킨십을 해주려 한다.

밤에 아무리 늦게 와도 안아만 주면 만사오케이였다. 나 자신도 그것을 안 지 오래되지 않았다. 어떤 부부는 부부싸움을 하면 며칠 동안 말을 하지 않는다고 했다. 나는 하루 이상 말하지 않고 지낸 적은 없다. 아니, 특별한 말은 않더라도, 싸워서 말을 않고 자면 내가 잠이 오지 않는다. 남편과 마주보고 안아야 잠이 오는 습관이 우리를 지금까지 살 수 있도록 만들어준 것 같다.

남편에게 나도 못 할 일을 많이 했다. 남편은 자기 잘못이라며 한번도 내게 화낸 적이 없고 모든 것을 이해하는 사람이다. 이혼 직전까지 간 부부도 '미안해', '고마워', '사랑해' 이 세 단어만 잘 사용하면 화해된다고 한다. 부부에게 꼭 필요한 단어. 이 세 단어를 사용하는데 '아니야, 나는 아니야' 하고 거부할 사람은 없다. 서로 안고 이 세 단어를 사용해보자. 난 듣기만 해도 행복하다. 부부끼리 나눌 수 있는 따뜻하고 좋은 말이 많다. 부정적인 말보다는 긍정의 말을 사용하는 노력을 해보자.

남편은 얼마 전부터 『요청의 힘』이라는 책을 보고, 차에는 CD를 틀어놓고 듣는다. 요청해서 나쁠 것도 없고, 손해볼 것도 없다고 한다. 우리는 요청하는 것을 모르고 지냈던 것 같다. 서로 필요한 것이 있다면 구체적으로 요청해 보는 것도 좋을 것 같다. "여보, 오늘 일찍 와"가 아닌 "여보, 자기가 좋아하는 꽃게장 끓여 놨으니 7시까지 와"

독서를 하면서 김승호 대표님의 이야기를 듣게 되었고, 닮고 싶은 분 중의 한 분이 되었다. 페이스 북에서 김승호 대표님의 강의가 있다고 신청하라는 광고를 보고 남편과 같이 신청했다. 많은 분들이 신청하니 우리는 선착순인 줄 알고, 왜 듣고 싶은지에 대해 간단하게 적고 빨리 완료했다.

강의료를 바로 입금해야 하는데 입금하지 않아서 이상했는데, 강의를 신청한다고 되는 것이 아니라는 것을 알았다. 강의 듣는 사람을 선정해서 알려준다는 것이다. 그 말을 듣는 순간 안 될 줄 알았다. 무슨 일이든 최선을 다해야 하는데, 너무 성의 없이 신청서를 적은 것에 후회를 했다. 그리고 하나 더 결격사유는 공무원이기 때문인 것 같았다. CEO라면 강의를 들었을 수도 있다. 공무원보다는 CEO에게 필요한 내용일 것이라는 생각이 들었다. 많이 아쉬웠지만 잊어버렸다. 남편은 『요청의 힘』을 적용해 메일을 보냈다.

'본인이 아닌 우리 아내가 강의를 듣고 싶어 한다'는 내용을 중심으로 구구절절 써서 보냈다. 다음날 연락이 왔다. 여전히 떨어지긴 했지만, 김승호 대표님에게 메일을 전달했다는 내용과, 다음에 부산에 올 때 연락 주겠다는 내용이었다. 남편은 내가 직장을 다니고 있지만, 정년이나 명예퇴직 후에 무언가 창업을 하고 싶어 하는 마음을 읽고 있었다. 생각해보면 남편은 본인의 마음이나 생각보다 내 생각을 더 많이 해줬다. 늘 그랬듯이 이번에도 본인보다는 내가 원하는데 안 돼서 마음 아파할까봐 대신 메일을 써준 것이다.

"자기, 그렇게 듣고 싶나?"

나는 남편에게 이렇게 물었지만 속마음을 안다. 나를 위해 다시 신청해주었다는 것을. 남편이 고마웠다. 아버지의 느낌, 남편에 대해 잘못된 나의 초 감정으로 인해 남편을 연애할 때 외에는 저 멀리 떠나 보내놓고 생각했다. 내 마음에 남아 있는 초 감정으로 미리 평가를 내리고 살았던 것이다. 남편과 아버지가 아닌, 같은 직장에서는 최고의 동료였던 내 남편. 50살을 넘어서 글을 쓰면서, 나의 '초 감정'이 우리의 부부생활에 문제의 시작이었음을 깨닫게 되었다. 나의 감정을 생각하지 않고 내가 미리 만들어 놓은 남편의 상에 원망하는 세월을 살아왔다. 독서모임 때 『내 아이를 위한 감정코칭』에 대해 토론하면서도, 아이와 직장 고객에게는 깨달음을 얻고 적용을 찾았는데, 남편에 대해서는 생각해보지 않았다.

초 감정에 대한 동영상을 다운받고 독서모임을 하기 전, 원 포인트 레슨을 만들면서도 내 자리에는 남편이 없었다. 남편에 대한 나의 초감정을 알아내는 데 오랜 시간이 걸렸다.

남편은 남편으로서 잘해보려고 했던 것이 생각난다. 아침에 출근하기 전에 술을 아무리 많이 마시고 와도 뽀뽀를 하고 안아줬다. 속으로 좋았고 행복했다. 좋았으면 표현하면 된다. 그런데 나는 표현이 서툴고 어려웠다. 어릴 때 안긴 기억이 없다. 부모님한테도 안긴 적이 없다. 안아주는 것에 익숙하지 않았다.

내 감정만 숨기는 게 아니라 남편의 감정도 받아주지 못했다. 남편이 뽀뽀해주고 안아줄 때 "고마워"라고 한번만 표현했더라면…. 남편은 피해자일 수 있다. 따뜻한 남편을 받아들이지 못하고 밀어내 버린 것이다. 남편도 늦둥이다. 시부모님을 한 번도 만나본 적이 없어서 어떤 분인지 모른다. 같은 늦둥이에 아버지와 어머니가 돌아가신 것도 비슷한데, 남편은 나보다 사랑의 표현을 잘했다. 왜 그것을 이제야 깨달은 걸까.

남편이 문제가 아니었다. 내가 깨닫는 순간 행복이 다가오기 시작했다. 너무 오랫동안 마음의 문을 닫고 지내왔다. 부부는 어떤 말보다도 따뜻한 마음의 표현이면 족하다. 이제는 안아줄 수 있다. 내 마음을 표현할 줄도 안다. 이제라도 감정표현을 할 수 있는 시간을 가질 수 있어서 행복하다. 이제는 내 안에 만들어 놓은 남편이 아닌 남편 자체로 보기 시작했다.

마음이 따뜻하고 잘 안아주는 남편이 좋다.

친정 식구

우리는 몇 집 안 사는 아주 시골에서 살았다. 매일 만날 수 있는 사람도 10명이 안 되었다. 초등학교 가기 전에는 매일 보던 사람만 봤다. 버스도 차도 아무것도 없었다. 초가집에 호롱불을 켜고, 불을 지펴서 가마솥에 밥을 해먹었다. 엄마가 멀리 떨어진 우물에 물 뜨러 갈 때 엄마 치마 끝을 잡고 따라가는 것이 엄마와 같이 있는 유일한 시간이었다. 엄마는 아침 일찍 행상 가시고, 아버지는 집에 안 계시는 날이 훨씬 많았다. 아버지와 같이 놀았던 기억은 한 번도 없다. 아버지에 대한 기억은 곰방대에 담배 물고 앉아 계시던 모습, 내가 학교 다녀오면 인사받고 "밥 먹어라" 하던 한마디, 엄마와 크게 싸우시는 모습, 그리고 돌아가실 때의 모습 정도만 남아 있다.

엄마는 새벽에 일어나시면 항상 밥국을 끓여주셨다. 밥국이 다 되면 아버지가 나를 깨워서 같이 먹었다. 밥국의 재료는 김치와

보리밥이다. 지금도 밥국을 좋아한다. 남편이 밥국을 별로 좋아하지 않아서 처음에 해먹다가 잘 하지 않는다. 우리가 먹던 '밥국'이 지금의 '김치국밥'이다. 그때 먹은 밥국 맛은 찾아볼 수가 없다.

조카와 나는 동갑이다. 큰언니와 나이 차이가 21세이고, 조카와 나는 10달 차이로 같은 해에 태어났다.

엄마 아버지가 계실 때도 다른 가족들처럼 모여서 웃음꽃을 피워본 적이 없다. 아버지는 무서운 존재였다. 큰언니는 일찍 결혼해서 따로 살았고, 작은언니는 집에 도움이 되기 위해 부산에 있는 큰언니 집으로 가서 일찍 직장을 구했다. 부산의 큰언니 집은 방이 하나밖에 없어서, 큰언니 가족들과 6명이 줄줄이 같이 잤다. 그래도 형부는 불평 한번 하지 않는 좋은 분이셨다. 큰언니는 요즘 얘기한다. "방은 코딱지만 한데 여섯 명이서…" 그래도 불평하지 않는 형부가 고마웠다고 한다. 지금은 계시지 않지만 형부의 모습이 눈에 선하다. 형부는 미남이셨다. 엄마의 말씀이 기억난다.

"김 서방이 방에 들어오면 방이 훤해졌다."

얼굴만큼 마음도 미남인 분이셨다. 나에게는 아버지 같은 분이셨다. 큰언니와 나이 차이가 많이 나서 같이 자라지 못해서인지, 남처럼 어려웠다. 물론 형부는 더 어려웠다. 나이가 어린 탓에 언니라고는 하지만 나에게는 낯선 사람들이었다. 우리 친정 가족은 다른 가족들처럼 모이거나 여행 한번 하지 않았다. 결혼하고 뿔뿔이 흩어져서 명절 아니면 얼굴 보기도 힘들다. 오빠는 명절 때도 얼굴을 잘 못 본다.

일반적으로 친정이라 하면 내 몸이 지칠 때, 힘들 때 찾는 따뜻한 곳이다. 나에게는 그런 친정이 없다. 결혼으로 가족이 생겼다. 친정과는 다른, 따뜻하고 누구보다 좋은 가정을 이루어야 하는데, 내가 보고 배우고 자란 환경이 내 몸에 밴 탓에 이미 한계가 있었다. 난 잘못된 것인지도 모르고 나 혼자 잘난 줄만 알고 지내왔다. 뭘 원하는지 나 스스로도 모르면서 남편이 알아서 해주기를 바랐다. 그런 내가 남편은 힘들었을 것이다.

내 감정을, 내 마음을 표현할 줄 알아야 한다. 여자와 남자는 구조적으로도 다르다. 그런데 내 마음을 나도 모르는데, 어떻게 남편이 알고 해주기를 바라는지, 지금 생각하면 스스로도 황당하다. 아무리 남편이 잘해줘도 내 마음이 아니면 아니었고, 잘해준 것에 대해 고맙다고 하기는 커녕 당연한 걸로 받아들였다. 아이들도 알아서 해주길 바랐다. 엄마로서의 역할보다 자식으로서 부모에게 해야 할 것들을 받기를 원했다. 다행히 아이들 때문에 속상한 적은 없다. 아픈 것 외에는 사춘기도 그 어떤 것도 나를 힘들게 한 적이 없다. 나 스스로의 문제만 아니면, 내 남편은 완벽한 남편이었는지도 모른다.

다가오는 남편을 멀어지게 했고, 술과 보낼 수밖에 없는 인생으로 만들었다. 남편이 술을 좋아할 수도 있었지만, 미리 만들어 놓은 남편과 아버지상으로 남편도 그렇게 살도록 내버려두었다. 내가 남편을 조금만 다른 시각으로 봤어도 지금보다 더 일찍 좋은 가정을 이룰 수 있었을 텐데…

남편은 따뜻한 엄마가 돼주길 원했을 것이다. 그런데 처음부터 남편이 엄마가 돼주길 바랐다. 처음에는 충분히 따뜻한 엄마였다. 그러다가 지쳐서 술을 마신 것이다. 술자리가 좋았고, 술 마신 것이 습관이 되어버린 것이다. 나에게 따뜻했던 엄마가 이제는 내 마음에 자리 잡고 있는 완전한 아버지로, 남편으로 돌아가게 했다. 오랫동안 그 모습을 지켜보기만 했다. 별로 이상한 것은 없었지만 내 마음에 불만만 쌓여갔다. 난 말을 해도 예쁘게 하지 않았다.

『어디서나 아버지가』의 강주혜 작가님을 만났다. 작가님의 아버지는 아이들의 의견을 받아들였다. 아버지의 강압이 아니라 아이들이 하고 싶은 것을 먼저 물어보는 자상한 아버지셨다. 작가님의 아버지는 마지막 유언도 하지 않으셨다. "알아서 잘할 것이다"라는 말씀만 하셨다고 한다. 사람들마다 스트레스 푸는 방법이 다르다. 작가의 아버님은 모든 것을 참고 기다리는 편이셨다. 기다리는 아버님은 스트레스를 어떻게 푸셨는지 궁금했다.

작가님의 아버지는 교회 장로님이었다고 한다. 그런데 사랑하는 딸에게 한번도 교회에 가자고 권유하신 적이 없었다. 일기장에는 "교회를 다니지 않아서 남들 보기에 창피해서 고개를 들 수가 없다"고 적혀 있었다고 한다. 작가님은 "주위 사람들에게 고개를 들지 못할 정도로 창피했더라면, 한 번쯤은 교회에 가자고 하시면 될 텐데 왜 안 하셨을까?"라고 말했다. 그리고 유언으로 남기지도 않으셨다. 그 이유는 실천하지 않으면 자식들이 죄책감이 들까봐 그러셨던 것 같다고 했다. 그런 아버지의 유일한 스트레스 해소 방법은 일기장이었다.

남편은 스트레스 푸는 방법을 술을 선택했던 것이다. 남편 혼자 교회를 8년 이상 다녔다. 한 번도 나에게 교회 가자는 얘기를 하지 않았다. 자꾸 가자고 하면 더 가기 싫어질까봐 얘기하지 않았다고 한다. 내가 스스로 가기를 바랐던 것이다. 난 교회를 다닌지 1년 6개월이 지났다. 남편은 내가 교회에 재미를 붙여 계속 다니기를 원한다. 아침이 되면 교회에 가지 않을까봐 노심초사다.

우리 엄마는 절에 다니셨다. 우리 집엔 기독교인이 아무도 없었는데, 갈수록 기독교인이 늘어났다. 아주버님은 원래 기독교인이 아니었다. 재혼 후 교회를 나가기 시작했다. 지금은 나를 전도할 정도로 신앙심이 깊어지셨다. 처음에는 창피하다고 성경책을 대봉투에 넣고 다니셨다. 그러나 지금은 당당하게 권유하기도 하신다. 내가 교회를 다니기 시작하면서부터 내 주위에 교인이 많아진 듯한 느낌이 든다. 독서리더 과정에도 교인이 제법 많았다. 참신기했다. 처음 우체국에 발령받고 나니 우체통이 많이 보였다. 자기가 관심있는 것이 눈에 많이 들어오는 것은 당연하다. 이제부터 남편이 관심의 중심이다.

처제가 많은 집이 재미있다고 한다. 우리 집은 부모님이 계시지 않아서 큰언니 집이 친정이다. 친정에 가면 모두 나이가 많아서 남편은 어려워한다. 그래도 언니는 남편에게 잘해주고 남편을 좋아한다. 남편은 특별히 친정에 가도 형부가 안 계시면 할 일이 없다. 형부가 계시면 남편과 술도 한잔하고 아버지처럼 챙겨주셨다.

요즘은 형부마저 안 계시니 남편이 심심한 모양이다. 한번씩 형부 얘기를 한다.

"정 서방 한잔해."

형부도 술을 좋아하고 즐기셨다. 형부와 술 한잔하는 것이 좋다고 했다. 이제 형부도 안 계신다. 형부는 2년 전 교통사고로 돌아가셨다. 나이는 70세가 넘었어도 감기몸살로 병원 한번 안 가시고 건강하셨다. 마음씨도 형부만큼 좋은 분도 없었다. 아이 낳고 집에 있을 때 큰언니가 오면 청소를 해주었다. 청소하면서 잔소리를 한다. 그러면 형부는 "잔소리 그만해, 잔소리하려면 안 오는 게 낫다. 그자 처제?" 하셨다. 형부는 내 마음을 읽는 듯 나를 쳐다보고 그렇게 말하고 웃는다. 형부는 늘 본인보다 남을 먼저 생각하는 분이셨다. 큰언니가 아무리 잘해줘도 우리 남편은 형부의 빈자리가 큰 것 같다.

그래도 친정 식구는 여전히 남편을 좋아한다. 큰언니도, 작은언니도…. 나무랄 게 있으면 묻지도 따지지도 않고 나를 먼저 뭐라고 한다.

"정 서방 같은 사람 있는지 눈 닦고 찾아봐라."

큰언니는 엄마처럼 "정 서방, 직장 다닌다고 피곤하지요? 안방 가서 좀 눈 붙이소."

정 서방을 아들처럼 진심으로 생각해줬다. 정 서방을 좋아해줘서 다행이다. 내가 주지 못했던 사랑을 그나마 친정에서 받을 수 있어서 좋았다. 그래도 형부가 없는 친정은 아무래도 허전하다.

04

어느 날
남편이 보인다

감정 코칭을 만나던 날

백화점에서 세일하는 날이 되면 가끔씩 옷을 사러 간다. 그런데 백화점 갈 때마다 내 옷은 사지 않고 남편 옷만 사가지고 올 때가 많다. 남편은 옆에서 "니 옷 사라" 하는데도 내 옷을 사면 맘이 편하지 않고, 남편 옷을 사면 기분이 좋다. 남편은 나의 좋은 점이 명품을 밝히지 않는 것이라고 했다.

남편도 함께 책을 쓰고 있다. 퇴고 작업을 도와주다가 글을 보고 놀란 것이 있다. 남편에 대해 내가 모르는 것이 많았다. 알아도 기억이 나와 다른 것도 많다. 특히 내가 출산했을 때를 기억하는 남편의 글을 보고 '남편이 나에게 이런 맘이 있었나?' 하는 생각이 들었다. 남편의 마음을 보았다. 처음으로 남편의 생각을 본 것이다. 난 남편이 내게 관심 없는 줄 알았다. 혼자서 아이를 낳는 나를 생각하는 글이 있었고, 내가 기억하지 못하는 어려운 상황을 남편은 기억해서 꼼꼼히 적어놨다. 기억이 다르게 적힌 부분을 보고, '이래서 부부의 싸움이 시작되는구나' 하는 것을 알았다. 남편의 글을 보고 얘기한다.

"여보, 이거 아닌데…. 우리는 언제 이렇게, 이렇게 했고, 이것도 아닌데…"

남편은 웃었다.

"그렇나? 나는 그렇다고 생각했는데."

"고쳐야 되는데, 난 벌써 책이 나왔는데 내 책과 내용이 다르면 내가 거짓말이 되잖아."

"괜찮다. 남들은 우리 생활에 관심이 없다. 그냥 지나가면서 볼 뿐이다."

난 왠지 꺼림칙했다. 남편의 글을 보면서, 같은 순간에 생각과 기억이 다를 수 있다는 것을 알았다. 그리고 더 놀라운 것은, 아주 중요한 순간을 기억 못 하거나 내 생각과 다르게 기억하는 것이었다. 나는 25년 넘게 살면서 몰랐던 사실을 이제야 알게 되었다는 사실에 반성이 됐다.

부부로 살면서 남편이 무엇을 좋아했는지, 남편의 꿈이 무엇인지 모르고 살았다. 남편이 어릴 때 좋아한 것이 노래였고, 아버지도 2살 때 돌아가셨다고 한다. 도대체 나는 남편에 대해 알고 있는 것이 없는 것 같았다. 그러면서 남편한테 잘했다고 생각했다. 출산할 때 미역국을 끓이던 에피소드와 가물치를 끓이면서 일어났던 일들을 나는 하나도 기억하지 못한다. 남편과의 좋은 추억은 기억하지 못한다. 아이를 출산했을 때와 관련하여 나는 서운한 것만 기억한다. 한심하다는 생각이 든다. 우리가 사랑해서 결혼한 것조차 나 스스로 믿을 수가 없다. 남편에게 미안했다.

'남편에 대해서 아는 것이 과연 뭘까?'

남편의 글 곳곳에 나를 생각하는 마음이 있었다. 남편이 힘들어할 때 조금만 옆에서 다독여줬더라면, 우리는 더 좋은 부부가 되지 않았을까? 철없이 지낸 세월들이 후회되었다.

결혼하고 아이가 있으니 온통 아이에게만 신경이 쓰였다. 남편이 뭘 하는지, 밥을 먹는지 조차도 관심이 없었다. 신혼 때 아이가 태어나도 "우리 둘이가 우선인 거 알제?" 이렇게 다짐했지만, 말뿐이었다. 아이가 모든 것의 기준이 되었다. 아이 때문에 싸운다.

남편이 술 마시고 들어올 때도 남편에 대한 걱정보다는 아이를 돌보지 않는다는 것에 초점이 잡혀 있었다. 아이가 아닌 남편의 마음을 조금이라도 읽으려 했더라면, 우리 사이는 좋았을 것이다. 가정을 버렸다는 죄책감은 피할 수 있었을 것이다.

『내 아이를 위한 감정 코칭』이라는 책을 읽으면서도 이미 다 커버린 아이들 대신 직장 고객들을 생각했다. 고객보다 먼저 남편을 생각해봤어야 했다. 남편이 늘 옆에 있어서 당연한 줄 안다. 남편이 하는 친절은 당연한 것이고, 조금이라도 잘하지 않으면 불만으로 쌓인다.

내가 누구보다 남편에게 이기적이라는 사실을 감정 코칭을 만나면서 더 알게 되었다. 남편은 어려운 환경에서 하고 싶은 꿈을 위해 도전해 보지도 못한 채 공무원에 들어왔다. 아무런 꿈도 없이 시작한 공무원 생활에 젖어들었다. 허무하게 시간을 보내다가 꿈도 사라지고, 남은 건 술에 대한 후회와 가정을 잘 유지하지 못했다는 후회였다.

술만 마시는 남편을 원망만 하고 살아왔다. 남편을 제대로 보지도 않고, 이해하려고도 않고, 무엇보다 남편의 감정을 전혀 알지 못했다. 내가 생각했던 것만큼 남편은 순수하고 좋은 사람이다. 사람은 모두가 다르다. 내가 나도 모르는 경우가 많은데, 어떻게 다른 사람이 나와 같을 수 있을까? 서로 다름을 인정해야 한다. 그런데 나와 다르면 남편에게 짜증을 먼저 낸다. 보통 생각하는 남자와 여자에 대해서는 잘 안다고 생각한다. 여자와 남자의 구조는 근본적으로 다르다는 것을 알고 있다. 그런데 그 '남자'를 남편에게 적용하지 못했다.

어떤 라디오 프로그램이었는지 모르지만, 이런 내용이 생각난다.

여자는 기분 좋지 않았던 하루 있었던 일에 대해 남편에게 대화를 해서 풀고 싶어 한다. 대화에서 여자가 바라는 건 남편의 한마디다. "그래, 마음이 아팠겠네" 하고 이해해주는 말…. 그런데 남편은 불평하는 아내의 말을 들은 척도 않고 쉬기만을 원한다. 남편의 입장에서 보면 아무것도 아닌 일이다. 그런데 피곤하게 일하는 남편을 붙들고 이야기를 하니 짜증이 날 수 밖에 없다. 여자는 얘기하는 것을 좋아한다. 남자는 여자들의 수다를 이해하지 못하고 자기 식대로 살면 된다고 생각하고 대수롭지 않게 생각한다. 그런데 싸움은 아무것도 아닌 것에서 시작된다. 남들이 듣기에는 어린아이 같은 싸움이 부부에게는 큰 싸움으로 변하기도 한다.

28년을 살면서 이제야 남편이 '이런 생각이 있구나' 하고 알게 되면서 후회되기도 한다. 아무리 부부라도 전부 알 수는 없다. 서로를 알아가야 한다. 전부를 안다고 생각하는 순간 우리는 잘못된 단추를 잠그기 시작하는 것이다. 부부만큼 편한 사람도 없지만, 부부는 누구보다 서로를 존중해주고 알아가야 한다. 부부는 끝까지 함께 가야 할 동반자이다.

자식 때문에 억지로 사는 부부가 아니라, 끝까지 사랑하는 부부로 살아가야 한다. 연애할 때, 결혼을 결심할 때의 초심을 생각하면서, 남편의 감정을 끝까지 읽으려고 노력해야 한다. 남편이 어떤 말을 하면 '왜 이런 말을 할까? 혹시 남편에게 무슨 일이 있는 걸까?' 하고 먼저 남편의 상황을 이해하려 해야 한다. 남편의 말을 들어보고, 감정을 먼저 읽어야 한다.

지금까지 남편의 감정을 생각하지 못했다면, 오늘부터 남편의 감정을 읽어보는 시간을 가져보는 것이 어떨까?

남편의 걸어가는 뒷모습

남편의 걸어가는 뒷모습이 내 눈에 보이기 시작했다. 햇볕 쨍쨍한 날이었다. 부암동에 원룸이 하나 있다. 휴일날 임대가 나가는 바람에 전세금을 입금시킬 생각을 못 하고 통장에 돈을 준비하지 못했다. 남편 명의로 되어 있어서 남편이 부동산에 갔다. 돈을 입금시켜야 한다고 전화가 왔다. 할 수 없이 넣고 있는 보험료에서 대출을 해서 입금해주기로 하고, 스마트뱅킹을 이용해 대출을 했다. 스마트뱅킹 이용 한도액 및 여러 가지 사정으로 당감4동 우체국 CD기가 있는 곳으로 갔다.

볼일을 다 보고 돌아오기 위해 차를 탔는데, 누군가 밖에서 차를 두들겼다. 남편이었다. 내가 볼일을 보고 있는 동안 부동산에 갔다가 돌아오는 길이었다. 밝을 때 밖에서 본 적이 없는 것도 아닌데, 많이 반가웠다. 할 말도 없이 "여보" 하고 부르기만 하고, 요가학원으로 갔다. 가는 길에 남편의 뒷모습이 보였다. 많이 야위었다. 평소에도 야위었는데, 더 말라 보이고 얼굴에 주름도 많아 보였다. 가면서 전화를 했다.

"여보, 보약이라도 한 재 해먹어야겠다. 살찌는 보약. 어디 잘하는 한약방 아는 데 없나?"

"그래, 알아볼게."

남편은 내가 말하면 거절도 하지 않지만 실천도 안 한다. 말할 때뿐이다. 내가 알아보고 챙겨야 하는데 잊어버렸다. 또 일상으로 돌아갔다.

다단계 판매회사인 암웨이에 아는 동생이 있어서 종합 비타민을 샀다. 난 눈앞에 보여도 잘 먹지 않는데, 남편은 잘 챙겨먹는다. 비타민C를 다 먹고 오메가3와 요오드를 먹고 있다.

어젯밤에도 12시가 넘도록 남편의 원고 수정을 도왔다. 남편이 쓴 내용이 전혀 기억나지 않고, 소설 같은 내용도 있었다. 아마 같은 상황이 남편에게 그렇게 비쳐졌는지 모른다. 나는 기억력이 좋은 편이다. 평소에도 남편에게 얘기하면 남편은 전혀 기억하지 못하고 새로 들은 것처럼 얘기한 적이 많다. 그런데 내 생각과 다른 것이 있었다. 기억 못 할 것 같은 상황인데 대사까지 정확하게 알고 있는 것도 있었다. 남편의 글을 보면서 남편이 힘든 순간에 이해하려 하지 않고 바가지만 긁었구나 하는 생각이 들었다.

아들과 나에게 쓴 편지를 봤다. 편지를 보는 동안 미안하기도 하기도, 다 알 것 같은 남편을 너무 몰랐던 것 같아 마음이 아팠다. 남편이 술 마시고 외박할 때는 그냥 즐기는 술을 마시는 줄 알았다. 승진이 여러 번 밀릴 때, 나도 맘이 아팠지만 남편에게 안 좋은 소리를 냈다. 많이 나온 카드대금에 대해 구박만 했다. 분명한 승진 조건을 갖추고 있는데도 안 되니까 마음이 아프다가도 짜증이 났다. 남편이 하는 일은 모두 못마땅했다. 좋지 않은 점만 보였다.

그런데 생각해보니 남편도 술만 마시고 다닌 것은 아니었고 열심히 생활도 했다. 어려운 환경에 실업계 고등학교를 나왔지만, 직장 다니면서 방송통신대학교를 졸업하고, 부산대학교 행정대학원도 졸업했다. 졸업 논문도 쓰고 열심히 공부도 했다. 파워포인트는 내 눈에는 누구보다 잘 만들었다. 업무하다가 발표할 것이 있으면 남편에게 부탁해서 만들었다. 누구나 장단점이 있다. 좋은 것만 보려 하면 좋은 것만 보이고, 나쁜 것을 보기 시작하면 계속 나쁜 것만 보인다. 내 눈에는 남편의 성실함이 눈에 보이지 않았다.

누군가 이런 말을 했다. '남편의 뒷모습이 보이면 진정으로 사랑하는 것이다.' 남편의 뒷모습이 보인 다음 날 이 말을 들었다. 남편 하면 술과 좋지 않은 것만 생각했는데 좋은 점이 하나씩 보이기 시작했다. 좋은 점이 보이니 내가 힘들어졌다. 남편을 이해하지 못하고 마음을 읽지 못한 지낸 세월이 미안했다.

승진이 되지 않을 때 남편이 자살하려고까지 했다는 것을 알았다. 나는 남편 때문에 내가 피해 본다는 생각밖에 하지 않았고, 남편의 마음을 한번도 읽어보려 하지 않았다. 남편이 힘들 것이라는 생각을 안 해본 것은 아니지만, 내 감정이 우선이었다. 남편이 외박하면 이유를 묻기 전에 외박했다는 것 자체만으로 화가 났다. 자기로 인해 내가 피해자인데, 왜 자기가 외박하는지 이해되지 않았다. 지금 생각하면 나도 잘한 것은 없다. 어릴 때 산에서 놀면서 칡이나 산에서 나는 것을 주로 먹고 자란 나는 기초체력이 좋은 편이다. 술을 3일 연속 새벽까지 마셔도 아침이 거뜬했다. "얼굴이 좋네요, 어제 한잔하셨네요." 술을 마신 다음날 직원들이 이렇게 말하곤 했다. 직원들은 내가 술을 마시면 얼굴이 더 뺀질거리고 좋아지는 사람으로 기억했다.

남편이 술을 마시고 들어오지 않거나 새벽에 들어올 때면 나도 새벽까지 술을 마셨다. 내가 근무하는 곳은 직원들 분위기가 좋았다. 한참 술을 마시다가 "팀장님! 벌써 2시 다 되어갑니다." 하고 여직원이 놀라서 집으로 갔다. 집에 오면 불이 꺼져 있을 때도 있고, 남편이 먼저 와서 자고 있을 때도 있었다. 내가 조금 일찍 들어오는 날이면 남편에게 매일 늦는다고 바가지를 긁었다. 지금 생각하면 참 한심하다.

우리는 둘 다 막내여서인지 서로가 자기밖에 모른다. 내 감정 생각하는 것이 우선이고, 먼저 해주기를 바랐다. 남편은 어쩌면 내가 가정을 지켜주기를 바랐을지도 모른다. 내가 진정으로 대화를 해줬더라면 남편이 빨리 돌아왔을 수도 있다. 그런데 난 내가 생각하는 남편을 미리 정해놓고 당연한 것으로 받아들였다. 그러면서 불평만 했다.

사람들마다 겉으로는 좋아 보여도, 힘든 일이 없는 사람은 없다. 하나씩은 다 어려움이 있다. 나는 글을 쓰다 보니 작가들을 많이 만난다. 작가들의 모임이 있다. 매주 일요일 만나서 강연 연습을 한다. 매주 만나서 다른 얘기를 처음에는 5분, 8분, 지금은 10분 이상씩 한다. 매주 들을수록 상대방에게 놀란다.

'저 작가님에게 저런 일이 있었구나. 전혀 그럴 것 같지 않은데.'

'어려운 일이 이것 말고도 또 있었네.'

어떤 작가님은 어렵고 힘든 일이 끝도 없이 나온다. 남편과 나는 집에 오면서 얘기한다.

"다 좋아 보여도 걱정 없는 사람은 없다. 그자?"

"응, 그러네."

나는 나만 힘든 줄 알았다. 말로 표현 못 하는 내 아픔만큼 힘든 사람은 아무도 없을 거라고 생각하며 지내왔다. 내가 다니는 직장 사람들과 술자리의 대화는 주로 업무 대화이다. 내가 어렵고 힘들 때 고민을 털어놓을 수 있는 곳은 아무 데도 없었다. 단지 그날 있었던 스트레스를 풀 수 있는 자리였다.

강연 연습할 때 처음부터 끝까지 힘든이야기를 하면서도 마지막에는 웃고 내려온다. 왜냐하면 글을 쓰면서 이미 치유가 다 되었다. 평생 잊혀지지 않고 용서되지 않을 것 같은 이야기도 왜 그렇게까지 했는지, 스스로가 이해 안 될 정도로 마음이 편안해져 있다. 그래서 지나간 아픈 얘기도 스스럼없이 얘기를 들려줄 수 있다. 모임의 목적은 책을 출간하고 저자 특강을 준비하고 연습

하는 자리지만, 우리의 아팠던 과거를 얘기하고 푸는 자리이기도 하다. 이러한 시간을 가질 수 있다는 사실에 행복하다. 특히 남편과 함께한다는 것에 감사한다. 남편의 모습은 나날이 변하고 있다. 처음에 초췌해 보이던 남편의 뒷모습이 이제는 안정되어 보이고, 얼굴의 빛깔도 회복되어가고 있다.

집으로 같이 돌아오면서 엘리베이터를 탄다. 서로 거울을 바라본다. 거울을 보다가 난 남편의 얼굴을 만진다.

"자기 얼굴 되게 좋아졌다."

"정말?"

하면서 남편은 좋아한다.

"어, 피부가 좋아진 것 같다. 많이 맑아졌다."

남편이 좋으라고 하는 말이 아니라, 진심이다. 남편의 얼굴이 좋아지는 모습을 보는 것이 내가 좋아지는 것보다 더 좋다.

자상한 남편의 행동들

　남편은 자상하다. 남편은 아빠이고 오빠이다. 내가 말하면 무엇이든지 들어주려 한다. 남편에게 말하면 안 되는 것이 없다. 물론 잊어버리고 안 하는 경우는 있지만 거절은 하지 않는다. 앞에서 언급한 내용도 있지만, 남편이 했던 자상한 행동들을 나열해 본다.

　최근에 남편의 글을 보고 생각난 것이다. 첫째 아이를 출산하고 있는 나를 위해 미역과 가물치를 사왔다. 끓이는 방법을 시장 아주머니에게 물어왔다. 아주머니가 가르쳐준 대로 한다고 했는데, 처음 하는 것이라서 쉽지 않았다. 너무 많은 양의 미역을 물에 담가서 부엌 바닥이 온통 미역으로 뒤덮였던 일, 그리고 참기름과 가물치를 넣고 불에 올렸는데, 가물치가 밖으로 튀어나와 부엌 바닥에서 파닥거리는 바람에 놀라서 방에서 뛰쳐나갔던 일, 이런 일들을 생각하면 남편이 귀엽고 웃음이 난다. 엄마가 안 계시는 자리를 대신해 주기 위해 준비한 일이다. 지금 생각하면 감동인데, 그때는 당연한 줄 알았다. 신혼 때 친구들을 초대해서 1박 2일 하던 날, 새벽에 철가방을 들고 나타나서 나뿐 아니라 친구들 모두를 자기 팬으로 만든 그날이 가장 많이 생각난다.

좋은 기억도 있지만 웃지 못할 해프닝도 있다. 만삭이 되었을 때이다. 9개월이 조금 지났다. 남편과 어디 다녀오는 길에 횡단보도에 서 있었다. 예전에는 신호등이 깜빡깜빡하면 시간이 다 되었다고 알려주는 것이다. 남편이 갑자기 "뛰자!" 했다. 이 말에 임신한 것도 잊고 뛰었다. 다리는 가고 있는데 몸이 가지 않았다. 대로에서 멋진 포즈로 넘어졌다. 출발하려던 차들이 일제히 멈추고, 차에서 내린 사람들과 지나가던 사람들이 모두 넘어진 나를 본다고 구름떼처럼 몰려왔다. 난 아픈 것보다 창피해서 초인간적인 힘으로 벌떡 일어났다. 쳐다보는 사람들을 뒤로 하고 빠르게 그 자리를 피했다. 한참을 오다 보니 다리가 아팠다. 무릎에 피가 철철 흐르고 있었다. 집이 가까이에 있어서 다행이었다. 집에 들어와서 남편이 비상 의약품 함을 가져와 약을 발라주었다. 남편이 원망스러웠다. 임신한 나도 잊어버려서 뛰었는데, 남편도 잠시 내가 임신했다는 사실을 잊어 버렸을 것이다. 그런데도 난 남편에게 모든 책임을 넘겼다. 내가 뭐라고 안 했어도 남편은 미안했을 텐데. 결국은 내가 잘못한 일이다.

내가 잘못한 것은 그럴 수 있는 일이고, 남편이 실수하면 절대용서 못 할 일이었다. 이러한 말도 안 되는 이론을 만들어놓고 불만을 가졌다. 첫째 아이를 출산할 때 의사선생님이 안 계셔서 남편은 간호사와 크게 싸웠다. 혹시나 나에게 좋지 않은 일이 생길까봐 걱정스런 마음에서였다. 남편도 늦둥이여서 아버지는 2살 때 돌아가시고, 어머니도 일찍 돌아가셨다. 부모님의 사랑을 오랫동안 받지 못해서 내 마음을 잘 알고, 부모 대신 사랑을 주려고 노력했던 것 같다. 그런 마음을 잘 받아주고 나도 남편의 마음을 헤아려줬어야 했는데, 내가 이기적이었다.

우리 세대는 대부분 여자 혼자 아이를 책임지며 생활했다. 요즘은 바깥에 나가보면 남편들이 아이를 안거나 업고 다니는 모습이 흔하고, 식당에 가도 가족 단위가 많이 보인다. 아이들이 어릴 때 아빠가 아이를 안고 가는 모습을 보면 많이 부러웠다. 지금도 마찬가지다. 아이를 업거나 안고 가는 모습, 식당에서 가족 단위로 화목하게 앉아 있는 모습을 보면, 보고 싶지 않아도 내 눈이 그곳에 고정된다. 지금은 남편과 잘 지내는데도 아이들이 생각나서이다. 아이들이 어릴 때 같이 있지 못한 것이 후회된다. 남편의 마음도 나와 같으리라고 생각한다. 예전 같으면 아무 생각 없이 자기 생각만 한다고 남편을 원망했을 것이다. 이제는 남편의 마음도 같이 읽힌다.

요즘 남편의 얼굴이 좋아졌다. 술을 끊은 지 83일 되는 날이다. 남편은 올해 7월 1일부터 술을 끊었다. 아침에 출근하려고 문을 열려는데 '금주 선언문'이 출입문에 붙어 있다. 무엇인가 싶어 한참을 봤더니, 7월 1일부터 술을 마시거나 보는 사람이 있으면 천만 원의 돈을 지불하겠는 내용이다. 아마 10만 원이나 100만 원을 걸었으면 포기하고 마셨을지도 모른다. 남편은 천만 원의 고액으로 선언하면 반드시 끊을 수 있다고 하여 정해놓은 것이다. 금주 선언문을 보면서도 걱정은 됐다. '저렇게 걸어놓고 술을 마시게 되면, 천만 원의 벌금을 안 내면 거짓말이 되는데…'

그런데 신기하게도 아무리 옆에서 술을 마시도록 유도해도 남편은 마시지 않았다. 술 대신 사이다나 콜라를 마셨다. 언젠가 뉴스에서 본 적이 있다. 술이나 콜라를 마실 바에는 차라리 소주가 낫다는 것이다. 음료수를 많이 마시는 것이 걱정되었다. 그래도 하나의 목표를 정해서 실천하는 남편을 보니 든든했다.

이제는 남편에 대해 좋으면 좋다, 싫으면 싫다 표현을 한다. 예전에는 대화를 하지 않고, 좋으면 웃기만 하고 싫으면 짜증을 냈다. 좋으면 왜 좋은지, 싫으면 싫은 이유를 대화로 풀어도 충분히 될 사람이었다. 그런데 대화를 시도해보지도 않고, 내 머릿속에는 '남편은 대화가 안 되는 사람'이라는, 말도 안 되는 규정을 만들어 놓았다.

오늘도 남편이 생식을 타서 글을 쓰고 있는 나에게 갖다준다. 바나나도 까서 주고, 다 먹은 바나나 껍질을 치워준다. 예쁘게 깎은 사과도 옆에 있다. 당감3동 우체국에 있을 때 잘하지도 못하는 점심을 2년 가까이 해주면서 음식 솜씨가 늘었다. 덕분에 집에서도 잘해줬다. 사무실에서 습관이 되어 집에서도 음식을 만들어주니 남편이 좋아했다. 작은아들이 군대 가기 전에 초코 케이크, 녹차

케이크, 찹쌀과 견과류만 넣고 만든 케이크 등을 자주 만들었다. 예전에도 이렇게 했으면 남편과 빨리 사이가 좋아졌을지도 모른다. 그런데 나는 내 할 도리도 다 못 하고 남편의 도리만 요구했다. 남편은 내가 부엌에 있을 때 꼭 내 옆에서 보조를 해준다. 남편이 부엌에 있을 때 나는 내 할 일을 하고, 남편이 내 옆에 없으면 서운해한다. 남편은 그것을 미리 알아채고 내 옆에 딱 붙어 있다.

우리 아이들도 남편의 이런 모습을 닮았는지 집안일을 잘 도와준다. 큰아들은 멀리서 학교를 다녔는데, 방학 때 집에 온다. 큰아들이 있을 때 내가 직장에서 돌아오면 청소, 빨래를 다 해놓는다. 큰아들은 남편과 달리 청소를 깨끗하게 한다. 여자처럼 빨래도 잘 개고 내 손이 따로 필요 없다. 쓰레기까지 깨끗하게 정리해놓는다. 남자 아이들은 특히 음식물 쓰레기 비우는 것을 싫어한다. 그런데 우리 둘째 아들은 내가 음식물 쓰레기를 비우러 가려 하면 "어머니, 제가 버리고 올게요" 한다.

부모님이 안 계셔서 한 번씩 생각나지만, 부족한 것은 남편과 아들이 대신 해준다. 나는 여태껏 살면서 고마움을 몰랐다. 해주면 당연히 받았다. 감사하는 마음이 생기는 날부터 내 마음이 더욱 행복했다. 남들에게 받는 것보다 주는 기쁨이 크다. 그런데 남편에게는 주는 것보다 받는 것을 좋아했다. 받는 것을 당연하게 생각하고 살았다. 남편도 나와 같은 마음일 것이다.

내 평생 신조로 생각하는 것은 '직위 고하를 막론하고 다 같은 사람이다. 사람들 마음은 같다. 잘해주면 좋아하고, 못 해주면

싫어한다. 사람 마음은 주고받는다'라는 것이다. 그런데 남편에게
만은 적용하지 못했다. 모든 것에서 남편은 예외였다. 이런 마음
을 가지고 있으면서도, 남편에게 계속 사랑을 받아야 한다고 생
각하고 살았던 것은 크게 잘못된 생각이다. 남편도 사람이다. 마
음은 주고받는 것이다. 표현은 안 해도 내가 싫어하면 상대방도
싫어한다. 말은 하지 않지만, 서로의 심장이 하는 행동만으로 다
알아차린다. 우리는 탁구도 같이 배우고 골프도 같이 배웠다. 남
들 눈에 우리는 잉꼬부부였다. 취미는 같이 했지만, 다정한 부부
는 아니었다.

내가 글이 잘 안 써지는 날엔 사무실에서 먹을 간식까지 만들
어서 챙겨주고 먼저 출근한다. 반신욕 물도 틀어놓고 간다고, 잊
어버리지 말라고 한 번 더 당부하고 문을 열고 나간다. 오늘 아침
에 남편에게 한마디 한다.

"여보, 얼굴 한번 보자. 와, 우리 남편 얼굴 좋아졌네, 총각 되는
거 아이가. 걱정이네."

이 말을 하니 남편도 좋겠지만 내가 더 행복함을 느낀다.

늘 곁에 있는 남편

늘 곁에 있는 사람은 남편이다. 아무리 친하게 지내도 다른 사람들은 남남이다. 부부도 돌아서면 남남이고 무촌이라고 하지만, 1촌보다 가까워서 무촌이라고 해석하고 싶다.

하루는 남편이 "내가 니 보내고 나서 한달 있다가 따라갈게" 했다. 이 말에 순간 기분이 좋지 않았다. '왜 내가 먼저 죽길 바라지?' 별일 아닌 일에 기분이 상했다. 머릿속에서 생각만 하면 오해가 생길 수도 있어서 물어봤다.

"왜 내가 먼저 죽어야 되는데?"

퉁명스럽게 물었다.

"내가 정리를 다 해야지, 니가 남아서 고생해서 되겠나?"

이 말을 들으니 마음이 찡했다. 남편은 늙어서 나 혼자 살 것까지 생각해주고 있다는 진심이 보였다. 생각해보면 남편은 늘 내 곁에 있었다. 내 남편은 변함이 없었다.

기대가 크면 실망도 크다고 한다. 난 남편에게 기대가 컸다. 보통 남자들은 모성애를 원한다. 아내가 엄마가 돼주기를 바란다. 남편도 그랬을 것이다. 그런데 난 엄마가 돼주는 것은 고사하고, 도리어 아빠가 돼주기를 바랐다. 남편은 부담스러웠을 것이다.

우리는 둘 다 막내다. 막내로서의 기질이 몸에 배여 있을 것이다. 그래서 더 다툼이 잦았는지도 모른다. 나는 이기적일 때가 많았다. 스스로는 개인주의라고 하지만, 남편에게만큼은 이기주의자가 맞는다. 나에게 남편은 과정이 필요 없었다. 결과만 보고 나무랐다. 그것도 내 위주로 판단해서였다. 핑계든 뭐든 남편의 말을 들으려고 하지 않았다. 내일은 3p바인더 코치 과정을 들으러 새벽 6시 열차를 타고 경기도에 간다. 캐리어를 꺼내 남편은 필요한 물건들을 챙긴다.

업무를 마치고 요가학원에 갔다가 집에 오자마자 컴퓨터에 앉아서 남편의 퇴고작업을 도왔다. 남편의 글을 보고 이해 안 되는 부분을 나무라기부터 한다. 나도 투고하고 퇴고 작업할 때 글이 안 돼서 힘들었다. 그런데 그건 잊어버리고 남편의 잘못된 문장을 질책하기만 한다. 내용이 안 맞으면 고치면 되는데, 짜증 섞인 목소리로 남편을 나무란다. 남편의 얼굴 표정을 보니 불쌍해 보인다. 남편은 속이 상할 것이다. 처음 쓰는 책이라 안 그래도 자신감이 떨어질 텐데, 칭찬해줘야 되는 줄 알면서도 칭찬은 나오지 않는다. 앞뒤 연결이 안 된다고 핀잔만 준다. 그래도 남편은 짜증내지 않고, 내가 어떤 말을 해도 다 받아들인다.

난 오빠와 고등학교 때까지 한 방에서 끌어안고 잤다. 오빠는 나한테 신 같은 존재다. 오빠는 못 하는 것이 없었다. 포항의 동지상고를 나왔지만, 서울대학교 상대 차석으로 입학했다. 오빠가 입학할 당시 MBC 9시 뉴스에도 나왔다. 대학교에 진학할 때 포항제철에서도 장학금이 나왔고, 서울대 교수님이 우리 집 환경을 조사하러 포항까지 오시기도 했다. 오빠는 주산을 배워도 금방 2단까지 땄고, 부기도 얼마 배우지 않았는데 다른 아이들보다 잘했다. 오빠한테 얘기하면 하지 못하는 일이 없었다. 나는 오빠한테 껌딱지처럼 붙어 다녔다. 오빠가 좋았다.

그런데 오빠가 결혼하고 나니 얼굴 보기도 힘들다. 갈수록 더 만나기 어렵다. 오빠를 보지 못해도 가끔씩 하는 전화 목소리가 정겹고 좋다. 난 오빠 없이 살 수 없을 것 같았는데, 지금은 안 보고도 이렇게 잘살고 있다. 오빠와 같이 살아온 것은 19년이다. 엄마와 같이 지낸 것은 23년이 안 된다. 남편과 같이 생활한 것은 28년이나 된다. 오빠와 그렇게 죽고 못 살던 사이였어도, 지금은 목소리 듣는 것만으로 만족한다. 오빠보다 남편과 같이 있는 시간이 많았고, 앞으로도 계속 같이 있을 것이다. 몇 년이나 같이 있을지 모르지만, 내 옆을 지켜줄 사람은 남편이다.

보통 남편이 출장을 가거나 교육을 가면 좋아한다. 그런데 나는 반대다. 남편이 어디 간다고 하면 불편하다. 남편은 늘 내 옆에서 도와준다. 반찬을 하나 만들어도 부엌에 같이 서서, 내가 필요한 것을 얘기하면 바로 준비해준다. 버릇이 되어 남편이 없이는 불편하다.

우리는 오랜 시간 동안 다른 곳을 보며 살아왔다. 남편은 남편대로, 나는 나대로. 여름휴가 때 아이들을 위한 여행 말고는 여행다운 여행을 다녀본 적이 없다. 다니려고 생각도 안 했다. 남편은 "휴가를 다른 집이랑 같이 가야지, 우리끼리는 재미 없다"고 한다. 이게 늘 하는 대사다. 그래서 우리 가족끼리 여행을 다니지 않았다. 서너 가족이 같이 간다. 그래야 술친구도 있고 신나게 놀 수 있다. 둘이 가면 3분의 2는 싸운다. 좋은 이야기도 많은데, 출발해서 목적지에 도착하는 동안 늘 불만만 얘기한다. 그러다 보면 도착지에서도 신이 날 수가 없다. 아무 말도 없이 아이들 노는 것만 구경하다가 자버린다.

옛날에 개그맨이 한 말이 기억난다.

"집에서 인기 없는 내 마누라가 바깥에 가면 인기라는 것을 알고 있어야 합니다."

우리는 같이 있는 부부보다는 밖에서 한 번씩 잘해주는 그런 사람들에게 더 관심이 많다. 작은 것에 꼬투리 잡는 마누라, 남편보다 좋을 것 같다. 그렇지만 지나고 보면 별 남자, 별 여자 없다는 것을 안다.

사람이 바뀐 것도 아닌데 지금은 둘이 있어도 심심하지가 않다. 하는 일이 많아서 시간 가는 줄 모른다. 심심할 여가가 없다. 뭐든지 마음먹기 달렸다는 말이 맞는 것 같다. 예전의 내 남편과 변함이 없는데, 지금은 남편과 하는 일이 재밌다. 남편과 같이 있으면 주말에도 평일에도 외롭지가 않다. 늘 옆에 있는 남편이 든든하고 좋다. 예전에는 다정한 가족이 걸어가면 부러워서 눈을 뗄 수가 없었다. 지금은 모두가 날 부러워하는 느낌이다.

행복의 기준은 내가 정한다. 차를 타고 라디오를 켠다. 라디오에서 흘러나오는 노래를 나는 좋아한다. 남편은 듣기 싫다고 다른 데로 돌린다. TV를 볼 때도 좋아하는 방송이 다르다.

"어떻게 노래 하나 같은 스타일을 좋아하지 않지? 우리가 맞는 것이 뭘까?"

연애할 때는 모든 것이 비슷한 줄 알았다. 성격도 좋아하는 스타일도, 어느 것 하나 마음에 들지 않는 것이 없었다. 그런데 어느 날부터인가 우리가 공통점이 없다는 걸 느끼게 되었다. 남편이 달라진 것이 아니라, 나의 기준점이 달라진 것이다. 내가 생각하는 남편에 대한 기준점을 다른 곳을 향해 바라보는 것이다.

둘째 아들 입대할 때 데려다 주러 경기도로 거의 5시간 이상을 같이 가게 되었다. 가는 길에 얘기도 나누고 음악을 들었다. 한참을 가다 보니 내가 좋아하는 노래를 계속 듣고 있었다. 다른 날 같으면 남편은 듣기 싫다고 돌리거나 꺼버렸을 것이다. 그런데 같이 듣고 있는 것이다. 한참을 듣다가 얘기했다.

"자기 이런 노래 안 좋아했잖아."

"아닌데, 좋아하는데."

남편이 변한 것인지 내가 변한 것인지, 대화 내용이 예전과 다르다. 어느 한 사람이 변한다고 되는 게 아니라고 생각한다. 내가 변하면서 남편도 변했다. 뭐든지 일방적인 것은 없다. 싸움도 손뼉이 부딪혀야 소리가 난다. 우리는 싸우려 준비하고 있는 사람들처럼 살았다. 내가 변하니까 남편도 변했다. 서로가 변하기를 바라지 말고, 나 스스로가 먼저 변화하면 같이 변한다. 사람의 마음은 일방적이지 않다. 내가 좋아하면 상대방도 마음의 문을 열게 되는 것 같다.

남편을 고객으로 대하면 아무런 문제가 없을 것 같다. 우리는 고객이 불편한 것이 없는지, 잘못 응대하는 것이 없는지 연구하고 잘하려고 한다. 말투를 고치고, 인사하는 방법을 바꾸고, 고객의 성향에 따라 응대하는 방법을 배운다. 가장 가까이 있는 남편도 고객 응대하듯이 한다면 좋으리라는 생각이 든다.

그런데 요즘은 내가 고객이다. 남편은 나의 표정과 행동을 살피고 뭐가 필요한지 파악하려고 애쓴다. 난 행복한 여자다. 늘 내 곁에 있는 남편도 행복했으면 좋겠다.

얼굴에 주름이 보인다

　학창시절에 가수 전영록을 좋아했다. 전영록의 노래부터 외모까지 마음에 들었다. TV에 전영록이 나오면 아무리 바쁜 일이 있어도 달려가서 봤다. 노래도 모르는 것이 없을 만큼 팬이었다. 전영록만 보면 가슴이 설레었다. 남편의 얼굴이 전영록과 닮았다. 지금은 모르겠지만 적어도 그때 내가 본 남편은 전영록과 흡사했다. 지금도 눈, 코, 입 모두 잘생겨 보인다.

　남편은 유머가 있는 편이다. 나만 보면 입 크기를 재보자고 한다. 남편은 남들에게 내 머리가 자기 입으로 들어간다고 수시로 얘기한다. 손으로 입을 재서 자기 입에다 대고 맞춰봤다. 그러면서 한바탕 웃었다.
　남편 얼굴은 항상 동안인 줄 알았다. 어려 보이고 젊어 보였다. 그러던, 어느 날 남편의 볼을 아이처럼 당겨보았다. 살이 당겨오면서 제 자리로 돌아가는 데 한참이 걸렸다. 얼굴에 탄력이 없다는 말이다. 남편의 얼굴을 자세히 보지 않은 지 오래됐다. 내 생활만 중요했고, 남편의 삶에 대해 관심을 쓰지 않았다. 미안한 마음이 생겼다. 부부는 한몸이라고 한다. 말로만 하고 한몸으로 살지 못했다. 남들 눈치는 살피면서, 남편을 제대로 바라본 적은 없다. '부부라면서 무슨 생각으로 살았나?' 하는 생각이 든다.

남편은 술을 끊고 나니 얼굴이 많이 밝아졌다. 무엇보다 술을 마시지 않아도 남편은 말을 잘하고 여전히 재미있는 사람이었다. 술이 없으면 말을 한마디도 안 했던 남편인데 이제는 여자처럼 말이 많다.

누구나 안 되는 일은 없다. 우리는 해보지도 않고 '저 사람은 안 돼'라고 미리 선입견을 가진다. 그리고 부부끼리는 상대에 대해 배려보다는 내 마음이 우선이다. 나는 잘하지 못하면서 상대에게 바라기만 한다. 여자든 남자든 마찬가지다.

남편얼굴에 주름이 보이던 날, 처음 남편을 만났을 때 생각이 났다. 바라보고 있으면 가슴 떨리고 옆에 있다는 사실만으로 행복했던 그 시절. 남편만큼 편하고 좋은 친구가 없는데 그동안 남편을 보지 못하고 살아왔다. 이제야 내게서 변하지 않는 남편 상으로 보인다. 모든 남자가 같지 않다. 별 남자, 별 여자는 없지만 내 남편은 따로 있다. 내 남편에게 좋은 아내로 남고 싶으면, 내 남편을 좋은 남자로 바라봐야 한다.

남편의 주름은 나와 함께 살아온 세월의 표시다. 젊고 팽팽하던 시절의 모습은 없어지고, 조금씩 처져 흘러내리는 살과 주름이다. 우리가 함께해온 인생이다. 웃으면서 지는 주름은 보기가 좋다고 한다. 세월은 막을 수 없으나, 주름이 흉하지 않게 나도록 도울 수는 있다.

사람들은 모든 것이 갖추어져 있어도 외롭고 허전할 때가 있다고 한다. 내가 외롭고 허전하다고 느끼는 시간은 집에 있는 시간이었다. 집에서 빨래를 하고 청소를 하면서도 마음은 허전했다. 뭔가 하지 않고 있다는 느낌, 알 수 없는 공허한 느낌, 그런 시간이 싫었다.

남편과 아이들, 혹은 다른 어떤 것도 해결해줄 수 없는 외로움을 느낄 때 종교가 필요하다는 말을 들었다. 나이 들면 주로 종교를 갖는 이유를 나름대로 알 것 같았다. 1년 전에 교회에 갔다. 종교를 갖는다고 무조건 마음이 행복해지는 것은 아니다. 모든 것이 내 마음이다. 종교를 가지고 마음을 풍족하게 가지는 것도 내가 결정하는 것이다. 내 마음이 준비되어 있지 않으면 종교도 아무 소용이 없다는 것을 알았다.

교회를 다녀도 허전한 것은 마찬가지였다. 믿음이 생겨야 한다. 믿음은 내가 생기고 싶다고 생기는 것이 아니다. 스스로 믿음의 준비가 되어 있어야 한다. 종교를 가지기 위해서 절에도 가보고, 성당도 가보고, 교회도 가봤다. 아무 데도 나와 맞는 곳이 없는 것 같았다. 내가 뭘 기대하고 있었던 걸까? 종교도 남편을 대하는 것처럼, 마음을 열지 않고 저절로 내게 다가오고 나를 알아주기 바랐던 것은 아닐까?

남편의 주름을 바라볼 수 있게 되던 날, 이제 편안하게 종교를 가질 수 있게 되었다. 어떤 종교이든 내가 믿음이 생기면 된다. 모든 것은 '수신제가 치국평천하(修身齊家 治國平天下)'이다. 수신제가 치국평천하는 먼저 몸과 마음을 닦아 집안을 안정시킨 후에 나라를 다스리고 천하를 평정한다는 말이다. 내가 남편을 제대로 바라보지 않으면서, 종교를 가진다고 내 마음이 편안해지는 것은 아니다. 내 몸과 마음을 먼저 닦고, 남편을 바라보는 마음이 변해야 종교든 어떤 일이든 안정되게 잘할 수 있다고 생각한다.

남편을 편안하게 바라보고, 늘어나는 주름이 내 눈에 보이는 순간, 내 마음에 행복이 찾아왔다. 종교생활도 훨씬 잘할 수 있을 것 같다. 내가 집중해야 할 것이 무엇인지 알게 해준다. 남들에게 대하듯이 남편을 배려하고 이해한다면, 남편은 언제나 내 편이 된다. 그리고 내 편이 되어 있는 남편을 만나는 순간, 외롭고 허전함은 사라진다. 난 요즘 남편과 같이 있으면 아무말 하지 않아도 좋다. 무슨 말을 하는지, 무슨 말을 하고 싶은지 읽을 수 있다. 남편을 보고 있다는 눈빛만 보내도, 남편은 내가 원하는 것을 말하지 않아도 해준다. 남편의 얼굴도 편안해진다.

부부라면 우리가 말하는 기 싸움을 자주 한다. '누가 이기나 한번 보자' 하는 식으로 말다툼을 하고 며칠씩 말하지 않는 부부도 많다. 그런 시간이 길수록 서로에게 손해다. 먼저 굽힌다고 지는 것이 아니다. '먼저 사과하는 사람이 이기는 사람이다'라는 말이 있다. 사과한다는 것은 창피한 일이 아니다. 굳이 사과의 말이 아니더라도, 물이라도 한잔 떠서 줘보자. 별것 아닌 일에 감동받는다. 물질로 주는 선물보다 마음으로 주는 선물에 더 감동받는 경우가 많다.

사랑스러운 눈빛으로 서로를 바라보자. '웃는 얼굴에 침 못 뱉는다'는 말도 있다. "여보"라고 부를 때, 미소와 함께 부르자. 다가오고 싶어도 용기가 부족해서 오지 못하는 경우가 있을 수 있다. 먼저 다가가보자. 먼저 다가간다고 손해볼 것 없지 않은가. 사랑해서 결혼까지 했다. 살면서 잠시 다른 곳을 바라볼 수도 있다.

우리는 수많은 사람들을 만난다. 만나는 사람마다 내 마음 같을 수는 없다. 그렇지만 우리는 이해하고 그러려니 바라본다. 조금만 잘해줘도 감동받는다. 왜 그럴까? 상대에게 원하는 기대치가 없기 때문이다. 부부는 서로에게 원하는 게 있다. 말로 표현하지 않는다. 다 안다는 이유로 알아서 잘해주기 바란다. 조금이라도 기대에 어긋나면 대화로 풀기보다 맞지 않다고 불평부터 먼저 한다. 오랫동안 같이 살아온 부부라서 서로를 가장 잘 안다고 한다. 그런데 이건 잘못된 생각일 수 있다. 가장 많이 안다고 생각하는 사람을 가장 모를 수도 있는 것이다.

늘어나는 주름을 보면서, '과연 부부가 같이 꿈을 응원해준 적이 있는가?' 아니면 '꿈이 무엇인지 알고 있는가?'에 대해 생각해보자.

남편의 꿈이 뭘까?

'남편의 꿈이 뭘까?'

꿈이 있는 사람과 꿈이 없는 사람의 삶은 다르다. 똑같은 하루를 맞이하지만 사용하는 시간이나 마음은 다르다. 꿈이 있는 사람은 시간 활용이 알차고, 흘러가는 시간을 1초라도 아쉬워한다. 한번 가면 다시 오지 않을 시간이다.

남편과 나는 공무원 신규자 시절에 만났다. 공무원으로 들어오는 순간, 우리는 정년을 해도 연금 때문에 아무 문제가 없다는 고정관념에 사로잡혔다. 다른 것을 해볼 생각도 없이 보냈다. 연금과 취미만 있으면 사는 데 문제가 없다고 생각했다. 우리는 복 받은 부부라고 여겼다. 신혼여행지에서부터 "돈 모아서 몇 살에 뭘 하고, 생활은 어떻게 하고, 아이들을 어떻게 키우고…" 등 일반적으로 하는 계획이 없었다. "쓸 만큼 쓰고 저금할 돈 있으면 저금하자. 저축한다고 아끼고 하는 것은 하지 말자." 이런 대화를 했다.

그래도 나는 돈을 아끼는 편이었다. 아이들 돌보는 값도 만만치 않고, 처음부터 대출을 무리하게 내서 이사도 해서 돈이 나가는 게 겁나기도 했다. 그런데도 남편은 카드를 마음대로 긋고 다녔다. 하지만 우리가 신혼 때 한 말이 있어서 나는 별로 간섭하지 않았다. 너무 많이 나오면, 가끔씩 화가 나서 어디에 썼느냐고 물어본다. "쓸 데 쓴 거겠지." 남편이 하는 말이 떠올라 더 이상 물어보지 않았다. 지금 생각하면 그때 남들처럼 바가지를 긁고 진지하게 얘기를 해봤으면 더 좋지 않았을까 하는 생각이 들기도 한다.

지금은 남편의 술자리가 별로 없다. 스스로 자제도 하고 자신이 술을 끊었기 때문에 술자리가 별로 재미없을 것이다. 지출이 많은 부분은 교육비나 책값이다. 남편은 입버릇처럼 말한다. 이거 "한달 술 값도 안 되는데." 그 술값으로 조금 젊었을 때부터 서로의 꿈을 찾아 살아왔다면 우리는 어떤 삶을 살고 있을까?

남편의 변화원인은 무엇일까? 남편은 책을 보고 글을 쓴다. 이것은 어렵게 설득해서 된 것이 아니다. 스스로 나와 같은 길을 걸어가고 있다. 바인더는 남편이 먼저 알고 사용했지만, 지금은 내가 가는 곳에 남편이 간다. 남편은 늘 변할 준비가 되어 있었다. 방법도 모르고 대책이 없어서 그냥 시간만 흘려보내고 있었던 것이다.

독서 리더와 3p바인더 코치 과정을 같이 하는 선배(독서를 하는 사람은 나이 상관없이 선배라고 부른다)가 있다. 선배의 남편도 변화되고 있다고 했다. 독서를 하고 본인이 변하니까, 남편도 변해가고 있다고 했다. 어제는 1박 2일로 용인에 교육 다녀오는데 남편이 데리러 왔단다. "이렇게 할 사람이 아닌데 이상하다"고 했다. 용인 갈 때도 새벽에 데려다줬다고 한다. 가는 길에 포장마차에서 순댓국을 먹는다고 인증 샷도 올라왔다.

우리는 부부가 함께 성장하고, 또 남들도 변해가는 과정을 보고 있다. 매일이 축제 분위기다. 남들이 보면 부족한 시간에 수면도 부족하고 피곤하다고 느낄 수 있지만, 꿈을 가지고 있는 우리는 매 시간이 행복하다. 예전에는 서울까지 KTX로 이동하는 것이 큰마음을 먹지 않으면 어려웠다. 지금은 멀리 가도 아무렇지도 않다. 함께 가는 동반자도 있고, 무엇보다 남편과 함께 행복하게 떠난다. 교육을 위해 짐을 싸면서 남편은 얘기했다.

"우리는 1박 2일 여행 간다고 생각하면 되겠다."

난 여행이 아니어도 좋다. 초등학교 소풍가는 것처럼 기다려진다. 만나는 사람들이 좋고, 교육 내용이 좋다. 앞으로 해야 할 과제도 기대가 된다. 과제를 하면서 변해갈 내 모습과, 누군가 나로 인해 변화해가는 모습을 기대한다. 얼마 전에 책 한 권이 나왔다. 내 책을 읽은 선배(대학교 4학년) 중에 한 사람이 팬이 됐다고 이야기했다. 목표가 없다고 얘기하는 사람을 보면 『준비하는 삶』을 읽으면 되겠다고 얘기했다. 그 선배가 고마웠다. 내 책으로 인해 도움이 된다는 얘기를 들으니 행복하고 고마웠다.

교육에 참여하는 사람들은 꿈이 있고 꿈을 만들어가고 싶어

하는 사람들이 대부분이다. 그 사람들을 보면서 스스로 작아질 때도 있다. 많이 성장해 있는 줄 알았는데, 내가 생각지도 못하는 삶을 살아가는 사람들을 많이 보게 된다. 주눅이 든다. 그러면서 나는 더 자란다.

50이 넘어서 이제라도 내 삶이 변하고 있다는 것이 얼마나 행복한지 모른다. 혼자가 아니라 남편과 함께라서 두 배로 행복하다. 같이 교육을 받는 사람들 중에는 남편 때문에 시간이 자유롭지 못한 사람들도 가끔 있다. 이번 교육에는 부부가 4쌍이나 있었다. 처음에는 부부가 우리밖에 없었는데, 갈수록 부부가 늘어나고 있다. 교육은 1박 2일도 자주 있고, 교육시간이 늦게 끝나는 경우도 많다. 또 교육이 서울에서 주로 열려서 부산으로 오면 새벽이 되곤 한다. 남편이 이해 못 하는 교육을 받기에는 힘든 일이 많다. 우리는 남편과 같이 공부를 하고 옆에 늘 있으니 시간 제약이 없어서 좋다. 대화 내용도 같다. 서로 같은 쪽의 방향을 보고 공부를 한다. 남편도 꿈을 찾아가고 있다.

내가 알기로 남편은 노래를 좋아한다. 아직 남편은 노래 쪽으로는 말이 없다. 한번 얘기해 봐야겠다고 생각한다. 어제는 사명을 생각하고 적어보는 시간이 있었다. 남편의 사명과 나의 사명이 비슷하다. 남편이 같은 길을 가서 좋긴 한데, 남편이 좋아하는 일이 실제와 다를까봐 살짝 걱정되기도 한다. 남편의 꿈 중에 가족 연주회가 있다. 드럼을 배우고 싶어 한다. 드럼을 배우도록 해주어야겠다는 생각이 든다. 이제는 남편이 하고 싶은 일을 할 수 있도록 적극 지원해주고 싶다. 좋아하는 일을 한다는 것이 얼마나 행복한 줄 알고 있으니까….

아이들의 꿈도 찾아줄 생각이다. 큰아들은 특수학교 임용고시 공부를 하고 있다. 특수학교가 적성에 맞는 모양이다. 특수학교 교사가 하기 싫으면 다른 것을 찾아서 공부를 더 해보라고 했는데, 아들은 마음에 든다고 한다. 작은아들은 군대를 졸업하고 나면 우리와 함께 꿈을 찾아줄 생각이다. 예전에는 사회 트렌드에 맞춰서 아니다 싶으면 다른 쪽으로 유도했다. 이제는 아이가 하고 싶은 일을 마음껏 할 수 있도록 해주고 싶다. 꿈을 갖고 꿈에 대한 목표를 향해 나아가는 것이 얼마나 즐거운 일인지 우리는 안다. 마주 앉아 글을 쓰고 있는 남편에게 물어봤다.

"자기 가족음악회 하려면 드럼 배워야 하는데, 언제 배울 거야?"

"낼 모레 10월부터 하려고 하는데, 학원이 어딨는지 알아봐야겠다. 중학교 때부터 배우고 싶었다."

중학교 때부터 배우고 싶던 꿈을 56살이 되어서 해보려고 생각한다. 그 말을 들으니 내 기분이 좋아진다. 내가 남편이 꿈을 갖지 못하도록 방해한 것 같아서 미안한 마음이 든다. 시간이 많이 흘러서 아쉽지만, 반평생을 살고서 깨달은 것도 나쁘진 않다. 앞으로 살 날이 많이 있으니까.

과거는 중요하지 않다. 앞으로 지낼 날이 더 중요하다. 과거를 완전히 무시할 수는 없다. 하지만 후회가 가득 찬 과거를 떠올리기엔 시간이 아깝다. 앞으로 멋진 과거를 만들어나가는 것이 중요하다. 과거와 현재가 모여서 미래가 된다. 우리 앞에는 멋진 미래가 기다리고 있을 거라고 확신한다. 혼자보다는 둘이 함께 가는 미래가 더 행복하고 기대된다.

우리의 미래에는 아이들도 있다. 아이들과 함께 행복한 꿈을 가질 것이다. 아이들이 우리와 같은 후회를 하지 않도록 미래를 설계할 수 있게 할 생각이다. 변해가는 우리를 보며 아이들이 멋진 미래를 꿈꿀 수 있도록 도와주고 함께 성장해갈 것이다. 남편이 미안해하는 것들을 하나씩 풀어주고, 꿈을 이뤄 나갈 수 있도록 내조를 잘할 것이다. 행복한 모습이 얼굴에 보이도록 내가 만들어주고 싶다. 그것은 꿈을 찾아주는 것이다.

이 글을 보는 독자 중에 혹시 남편의 꿈, 아이들의 꿈에 대해 모른다면, 지금 바로 알아보면 좋을 것 같다.

"혹시 당신 꿈이 뭐예요?"

"너희들 꿈이 뭐니?"

서로 얘기하는 시간을 갖자.

남편의 눈물

남편이 우는 것을 처음 봤다. 올해 5월 '단무지'라는 독서모임에
갔다. 일년에 한번 2박 3일 동안 한다. 이상한 종교집단이나 다단
계 판매가 아닐까 하는 의혹이 생길 만큼 분위기가 밝고 활달하
고 생기가 넘친다. 특별한 교육을 받는 것도 아니다. 단지 책을
보고 꿈을 찾아가는 사람들, 꿈을 향해 도전하고 성공한 사람들
이 많다. 밝지 않을 수가 없다. 이런 사람들 속에 있는 내가 무슨
별천지에 있는 것 같은 생각이 들었다. 꿈이 아닌가 하고 얼굴을
꼬집어보기도 했다. 넓은 대강단에서 조용히 책을 보는 사람, 특
히 어린 아이까지 같이 온 가족들이 많이 보였다.

우리 조에 먼저 온 사람은 젊고 예쁜 아가씨였다. 나중에 알고
보니 결혼을 했는데, 첫인상은 20대 후반처럼 보였다. 그 아가씨
는 책을 보다가 볼일이 있는 모양이었다. 휴대용 플래시를 바로
옆에 앉은 남편에게 돌려주고 나갔다. 작은 행동 하나에 우리는

감동을 받았다. 새침때기 서울 아가씨 같은 모습인데, 배려심이 인상깊었다. 또 우리보다 조금 일찍 도착해서 어딘가 다녀온 부부가 있었다. 똑같이 하얀 윗옷을 입고 인사하고 책을 보기 시작했다. 나중에 알고 보니 남편은 목사님인데, '단무지'를 주최하는 직원의 아버지였다. 조금 더 기다리니 젊고 예쁜 아가씨 2명이 더 우리 조에 왔다. 1명은 모자를 쓰고 있었는데 미스코리아처럼 예뻤고, 다른 1명도 대학생처럼 젊고 예뻤다. 그 두 사람도 우리의 예상과 어긋났다. 한 사람은 결혼을 했고, 대학생 같은 한 사람도 이미 졸업하고 취업을 한 상태였다. 한 사람은 『80억 공무원』을 읽고 있었다. 참고할 내용이 많은지 인덱스(index)가 많이 붙어 있었다. 그 책의 어떤 부분이 좋으냐고 물어봤다.

　다른 곳으로 취업하려고 생각 중인데, 공무원에 대한 이미지가 좋지 않아서 일단 공무원 시험은 치기 않기로 했다고 한다. 그런데 이 책을 보고 난 후 공무원에 대한 생각이 많이 바뀌었고, 공무원 시험을 쳐야겠다고 생각했다고 한다. 나도 인터넷으로 그 책을 주문했다. 얼마의 시간이 지난 후 강규형 대표님의 강의시간이 시작됐다. 워크숍 시간이 있었다. 살면서 가장 생각이 많이 나는 일에 대해 몇 가지 적으라고 했다. 조별로 적어서 발표하는 시간이 있었다.

　다른 사람들의 발표가 끝나고 남편이 발표하는 시간이 됐다. 남편은 잠시 동안 말을 안 했다. 내가 빨리 하라고 팔을 쳤다. 남편이 안경을 벗고 눈물을 닦았다. 울고 있었던 것이다. 무슨 내용인가 슬쩍 봤더니, 엄마에 대한 것이었다. 남편의 우는 모습을 처음 봤다. 남편도 사람인데 눈물 나는 일이 왜 없었을까? 나는 살면서 남편의 감정을 읽지 못했다. 나는 기분이 좋지 않으면 울어버린다. 울고 나면 속이 후련할 때도 있다. 그렇지만 남자가 우는 것에 대해서는 생각해본 적이 없다.

내가 눈물 날 때 남편도 눈물 났을 것이다. 남편도 한번씩 돌아봤어야 했다. 울지만 않을 뿐 남편에게도 희로애락이 있다는 것을 생각하지 못한 데 대해 맘이 아팠다. 그동안 힘들었을 남편을 바라보며 나도 눈물이 났다. 우리 부부는 엄마가 오래 같이 살지 못했다. 그동안 엄마에 대한 기억을 잊고 산 날이 많다. 그래도 엄마에 대한 추억이 많을 것이다. 나도 엄마에 대한 추억은 많다. 살아 계실 때도 먹고사느라 행상을 나가서 함께하는 시간이 많지 않았다. 그래도 엄마의 모습은 생생하다. 아마 남편도 그럴 것이다.

남편은 결혼하고서도 엄마처럼 따뜻한 정을 받지 못했을 것이다. 한 집안의 가장이라는 명함 하나 가지고도 때로는 부담스러웠을 것이다. 그렇지만 한 번도 힘들다는 것을 표현하지 않았다. 말을 했을 수도 있으나, 내가 듣지 못했다. 외로웠을 남편을 생각하니 마음이 아팠다. 엄마는 날 늦게 낳아서 오래 못 본다고 서운한 마음을 표현하신 적이 있다. 아마 시어머니도 그러셨을 것이다. 한번도 뵌 적이 없지만, 어머니의 마음은 같을 것이라 생각한다. 늦게 태어난 남편을 바라보며 마음 아파하셨을 어머니 마음을 알 것 같다.

눈에 넣어도 아프지 않을 아들이었을 것이다. 우리는 남의 입장을 생각하지 않고 나만 생각한다. 같은 상황인데도 나만 불편하고 나만 힘든 것으로 착각한다. 내가 승진이 안 돼서 고민하고 있을 때 남편은 더 많이 아팠을 것이다. 그런데 나는 나만 힘든 것처럼 남편을 달달 볶았다. 남편에게 피해를 받는다고만 생각했다. 남편이 내 앞길을 막는다고만 생각했다. 무슨 일을 해도 예뻐 보이지가 않았다. 서로를 가장 많이 알아야 할 부부인데, 우리는 아주 간단한 마음조차 서로 외면하고 있었다.

남편과 점심을 먹으면서 '세바시' 15분 강의를 들었다. 강연자는 어릴 때 아무 죄도 없이 아버지에게 맞았다고 한다. 아버지는 다음날 "괜찮냐?"라고 물었고, 강연자는 "네"라고 대답했다. 하지만 흉터보다 마음에 남은 상처는 치유되지 않았다고 했다. 남편도 내가 무심코 던진 말 한마디 때문에 마음에 상처를 받고 오랫동안 간직하고 있는지도 모른다. 강연자의 아버지는 원래 자상한 아버지였는데, 어느 날부터 변하셨다고 한다. 강연의 가장 중요한 핵심은 사랑이라는 것으로 상황을 덮을 수 없다는 것이었다.

보통 부모들은 '사랑하니까 때린다'고 한다. 그건 핑계일 뿐이다. 우리가 자라온 환경이 폭력적으로 변하게 할 수도 있다. 하지만 내가 아닌 다른 사람이 이유도 없이 당할 수가 있다. 우리는 문제가 생겼을 때 '내가'가 아니라 '우리가 같이' 해결하는 것이다. 부부로 살면서 얼마나 우리 문제로 진지하게 얘기해본 적이 있는가 하는 생각이 든다. 나만 피해본 사람이고, 나만 남편 잘못 만나서 고생한다고 생각한다. 남편도 마찬가지일 것이다.

결혼은 남남이 만나서 한다. 서로 생각이 같을 수 없다. 문제가 생기면 서로 의논하고, 서로의 입장에서 해결하려 해야 한다. 나만 피해자인 척하지 말았으면 한다. 어쩌면 여자보다 남자들이 더 외롭고 힘들 수 있다. 남편은 아버지를 떠나서, 한 사람의 아들이다. 누군가에게 의지하고 싶고, 안기고 싶은 때도 많을 것이다. 한 번씩 남편을 따뜻하게 안아주는 것이 좋을 것 같다. "여보, 오늘도 수고했어요." 이런 말을 듣는다면 기분이 어떨까?

내 옆을 끝까지 지켜줄 사람은 남편이다. 그런 남편을 제쳐두고 다른 사람들에게 더 신경을 쓴다. 말할 때도 남편에게는 퉁명스럽게 하고, 남들한테는 최대한 부드러운 표정으로 하려 한다. 이제부터 새로운 마인드가 필요하다. 남편의 눈물을 떠올려보자. 눈물이 원인이 혹시 내가 아닐지. 아니라고 말은 하지만, 원래의 진심을 읽어주는 따뜻한 나무그늘이 필요하다. 남편이 뒤에서 편하게 해주기만을 기다렸다면, 이제는 남편을 내가 보호해주자. 어깨가 늘어져 힘이 없는지 한번쯤 살펴보자. 슬퍼도 눈물 흘리지 못하는 남자의 마음을 헤아려보자.

05

평생을 연인처럼

우리는 지금 친구처럼, 연인처럼

우리는 조금 늦긴 했지만 친구처럼, 연인처럼 살아가고 있다. 3개월 전부터 본격적으로 자기계발을 하고 있다. 3p바인더를 남편이 먼저 알게 되어서 우리는 같이 배우러 울산에 갔다. 남편이 먼저 부산에서 수업을 받았지만, 나는 못 들어서, 남편도 재 수강료 10%를 내고 같이 갔다. 남편은 내 옆에 앉아서 처음 듣는 것처럼 열심히 들었다. 강규형 대표님의 강의는 열정적이고, 자기계발을 위한 동기부여가 확실히 되었다. 하지 않으면 안 될 것 같은 느낌이 들었다.

지금까지 만들어진 잘못된 습관부터 고쳐나가야 했다. 직장만 다니던 시절과는 완전히 다르게 시간을 관리를 해야 따라갈 수 있다. 아침 6시에 일어나는 것도 힘들었던 우리다. 조금만, 조금만 하다가 늦어서 좋지 않은 기분으로 아침부터 티격태격 싸운다.

"니가 해라."

"내가 왜, 니가 해라."

기분이 좋지 않다. 특히 아침부터 바가지라며 화를 낸다. 아침부터 바가지 긁는 나도 기분이 좋지 않다는 이유로 싸운다. 조금의 양보도 없었던 예전과 지금은 다르다. 알람을 맞춰놨지만 알림이 필요 없다. 습관이 되지 않았는데도 4시에 눈이 떠진다. 직원들에게 얘기하면 갱년기 증세라고 한다.

"나이가 들면 새벽잠이 없대요."

처음에는 그런 줄 알았다. 시간이 지날수록 원인이 갱년기가 아니라, 내가 하고 싶고 잘 하는 일이 생겼다는 것을 알았다.새벽에 일어나도 전혀 피곤하지 않다. 새벽에 일어나자마자 책을 편다. 예전에 보이지 않던 글귀도 눈에 쏙 들어온다. 노란 줄을 긋고 귀접기도 한다. 내 생활에 적용하기 위해서다. 책을 보면 적용할 게 많다. 새로운 일을 하나씩 할 때마다 소풍 온 느낌이다. 같은 책을 보는데, 보는 것이 다르고, 느끼고 깨닫는 것이 다르다. 봐야 할 핵심이 다르다. 혹시 내 꿈을 찾는 데 도움이 될 만한 내용이 나오면 눈이 번쩍 뜨인다. 같은 사람, 같은 책인데 마음가짐이 다르다.

책을 읽는데 재미가 생겼다. 남편과 책 줄거리에 대해 대화를 한다. 예전 같으면 상상도 할 수 없는 일이다. 남편이 옆에 있어도 뭔가 할 일을 안하고 헛된 시간을 보내는 것 처럼 피곤하고 심심했는데 이제는 남편만 있으면 된다. 함께 있다는 것 자체만으로도 공허한 마음이 들지 않는다. 예전에는 옆에 있는 남편이 옆에 있어도 보이지 않았고 늘 외롭고 허전했다. 지금은 친구처럼, 연인처럼 지낸다.

우리가 함께 교육을 다니면 모두들 부러워한다. 처음엔 사람들이 부럽다고 하면 그냥 웃기만 하고 지나갔다. 내 마음이 부러워할 만큼 즐겁지 않았기 때문이다. 그런데 요즘은 둘이 다녀서 뿌듯하다. 그래서 남들이 부럽다고 하면 "그렇죠. 저도 좋아요" 하기도 하고 먼저 얘기하기도 한다. "남편과 늘 함께여서 좋다"고.

용인 롯데 인재개발원에서 하는 3p바인더 코치 교육을 갔다. 1박 2일 과정이 다 마칠 때쯤 마스터 중 한 사람이 남편이 집을 자주 비워서 좋아하지 않는다고 걱정했다. 그 말을 들을 때 내가 행복하다는 것을 더 느낄 수 있었다. 남편과 같이 공부하고, 사진 찍고, 같이 집에 오곤 하는 여러 가지 일들이 든든하고 재밌고 행복하다. 남편이 늘 옆에 있으니 걱정거리가 없다. 정년퇴직하고도 우리는 같은 일을 할 것이고 남편은 애인처럼 늘 내 옆에 따라다닐 것이다. 같은 것을 공부하고, 같은 책을 본다.

궁합이 맞지 않는다고 반대한 친정 식구들 말이 떠올랐다. 궁합이란 없다고 생각한다. 서로에게 잘 맞추면 된다. 미리 안 맞는다고 선입견을 가지는 게 더 좋지 않을 수 있다. 내가 그랬다. 엄마가 스님한테 궁합을 보고 오셔서 궁합이 안 맞는다고 하셨을 때, 말로는 괜찮다고 하면서도 마음이 쓰였다. 안 좋은 일이 있을 때마다 '우리가 언제쯤 헤어지게 되지? 역시 우리는 궁합이 안 맞아서 이렇게 사는가봐' 하고 생각했었다. 마음에는 이런생각으로 우리사이가 좋아지지 않으리라는 예감을 가지고 살았다. 그런데 이 모든 것이 사실이 아니라는 게 증명됐다. 우리는 누구보다 잘 맞고 잘 지내고 있다.

부부가 평생 잘살기는 어렵다. 잘살려면 서로가 노력해야 한다. 다른 삶을 살다가 같이 살아가는데 처음부터 잘 맞는다고 하면 비정상일 것이다. 일방적으로 맞추는 것이 아니라, 서로가 맞추며 살아가야 한다. 우리는 서로 틀리다고 생각할 때 다툼이 일어난다. 틀리는 것이 아니라 다를 뿐이다. 우리 부부가 성격이 다른 것은 맞다. 남들이 보기에도 우리 부부는 성격이 달라 보인다.

2일전에 3p바인더 교육과정 중 Comm. Style 분석 시간이 있었다. 나는 액션(Actipn) 형이고 남편은 피플(People) 형이다. 피플형은 자상해서 액션 형에 잘 맞춰줄 수 있지만, 그러면서 상처를 많이 받는다는 단점이 있다. 액션 형은 인내가 부족하고 무리한 요구를 많이 하는 편이다. 그리고 성취욕이 강한 반면, 피플형은 성취를 못 하고, 주관적이며 절제성이 없는 편이다. 성격분석이 모든 사람에게 맞는 것은 아니지만, 우리에겐 잘 맞는 것 같았다. 내가 남편과 잘 맞지 않는 부분이 이해가 됐지만, 요즘은 남편과 그렇게 맞지 않는 것을 못 느끼고 산다. 단지 난 성격이 급해서 빨리 해야 되는 편인데, 남편은 예스맨이기 때문에 속을 잘 알 수 없다. 그래도 예전처럼 무시하지는 않고, 서로의 의견을 물어보는 편이다. 우리는 서로에게 무시당할 이유도, 무시할 이유도 없다. 서로 귀한 아들 딸이고 존중받아야 될 사람이다.

우리는 누구보다 잘 맞는 커플이다. 어떤 일로 스트레스를 받으면 남편은 한마디 한다.

"이제 달관할 때도 안 됐나? 그렇게 살아라 하고, 우리는 우리대로 살면 된다."

남편은 모든 것에 도가 통한 사람처럼 마음이 넓어졌다. 예전에도 마음이 착했다. 다른점은 예전에는 착하기만 했고, 지금은 분별해서 얘기해줄 줄 안다. 내 마음을 알고 풀어줄 수 있는 사람으로 변해 있다. 말도 없고, 내가 화를 내면 대꾸를 하지 않았고, '또 화내는구나' 속으로 생각만 하고 조용히 있었다. 나는 같이 화내지 않는 것에 더 화를 냈다. 같이 화를 내면 싸움밖에 되지 않는 줄 알면서 억지를 쓰는 것이다.

어릴 때 만나서 철없이 아이들을 낳고, 자기 생각대로 살다가 시행착오도 많이 하고, 아픔도 슬픔도 같이 겪으면서 지금까지 왔다. 이제는 서로 이해 안 될 게 없다. '털면 먼지 안 나오는 사람 없다'고 한다. 그런데 우리는 나는 보지 않고 남의 먼지만 보고 나무란다. 아직도 그런 성향은 남아 있다. 다만 그러지 않으려고 노력하고 있을 뿐이다.

주말까지 내 옆에서 같이 있을 수 있는 사람인 남편은 직장 갈 때 외에는 눈만 뜨면 내 옆에 있다. 같이 외식을 하고, 같이 밥을 먹고, 같이 영화를 보고, 늘 같이 한다. 지루하지가 않다. 연애할 때 아무리 있어도 지루하지 않은 것처럼 지금 그렇다. 물론 연애할 때처럼 떨리는 마음은 없지만, 나름대로 좋은 부분이 많다. 오히려 지금이 더 좋은 느낌을 받을 때도 있다. 이제는 일방적인 요구가 아니라, 서로를 생각하는 마음이 있으니까…. 무슨 일이든지 일방적인 것은 부담스럽다. 서로 같이 하는 것이 좋다. 주는 것도, 받는 것도….

남자이고 남편이기 이전에 한 인간이다. 같은 감정을 느낄 줄 아는 인간…. 또 누구보다 아끼고 사랑해야 할 내 사람이다. 친구처럼, 연인처럼 지내는 우리, 앞으로 죽을 때까지 이렇게 지낼 것이다. 친구 같은 부부, 연인 같은 부부로 영원히 지내고 싶지 않은가.

왜 평생을 이렇게 살지 못했을까?

 남편은 자상하다. 한 번도 남편을 싫어한 적은 없다. 미워한 적은 있다. 미움은 관심이 있을 때 생기는 것이다. 사랑의 반대 말은 무관심이다. 미움이 있다는 것은 관심이 있다는 것이다. 다른 누구보다 관심이 많은 남편을 왜 무관심한 것처럼 오랜 세월을 지냈을까? 남편과 데이트할 때 행복했다. 우리 집은 열 시가 넘으면 작은언니한테 혼났다. 작은언니 성격이 무서웠다. 그래도 남편이랑 데이트할 때는 걱정은 됐지만 "에라, 모르겠다" 하고 시간을 보냈다. 남편이 옆에 있으면 시간 가는 줄 몰랐다. 남편과 같이 있으면 안될 것이 없는 것처럼 느껴졌다. 그때는 토요일까지 근무하던 시절이라서 일요일에 하동에서 부산으로 날 만나러 왔다. 일요일 밤에 하동으로 가야 했다. 막차 시간도 있는데 남편은 시간을 보지도 않고 같이 있기를 원했다. 10시가 조금 넘어서 우리 집에 바래다주고 자기는 사상 터미널 근처에서 자고 아침 첫

차로 하동으로 갔다. 조금만 빨리 헤어지면 나도 혼나지 않고 자기도 막차를 탈 수 있는데, 조금이라도 더 함께 있고 싶다보니 나도 혼나고, 남편도 당일에 갈 수 없었다.

연애할 때는 사랑하는 마음이 영원할 줄 알았다. 특히 우리는 다를 줄 알았다. 남들 다 변해도 우리는 검은머리 파뿌리 될 때까지 서로 사랑할 줄 알았다. 엄마가 아버지한테 죽어 사는 모습을 늘 봐왔기에 당연히 그렇게 하는 건 줄 알았다. 처음에는 발도 씻어주고, 남편을 부엌에 나오지 못하게 했다. 혼자 밥하고 집안일 하는 것이 재미있었다. 남편은 남자가 부엌에 들어가면 안 된다는 말을 들으면서 자라서 부엌에 올 생각도 안 했다. 우리는 그렇게 행복하게 살았다. 각자가 안 된다는 것을 지키고 서로의 역할을 충실히 하면서 열심히 살았다.

그런데 아이를 임신하고 입덧을 시작하면서 모든 것이 달라졌다. 음식 냄새를 맡을 수도 없고, 차를 탈 수도 없었다. 내 의지와는 상관없이 집안일은 남편 몫이 되었고, 남편도 달라진 환경에 적응하기 어려웠을 것이다. 난 임신하고 입덧을 한 이후로 모든 것에서 손을 놔버리고, 남편이 해주는 것을 보고만 있었다. 아이를 낳을 때까지 입덧을 하다 보니 남편에게 부담 주는 기간이 길어지고, 남편이 집안일을 전부 담당할 수 밖에 없었다. 난 당연한 듯 받아들이고, 아이를 낳고도 바꿀 생각을 하지 않았다. 부부로 살다가 딸로, 동생으로 살아간 것이다. 모든 것을 남편에게 의지했고, 남편은 잘해줬다.

그런데 술 마시는 횟수가 많아지면서 집에는 관심이 없어졌다. 내가 남편을 잡았어야 했다. 남편이 집보다 술 마시는 일에 집중하지 않도록 내가 삶을 개선했어야 했다. 그런데 난 그런 생각을 조금도 못 했다. 지금은 남편의 마음을 안다. 왜냐하면 남편의 글을 보았기 때문이다. 남편이 토해놓은 글을 보지 않았으면 지금도 예전처럼 살았을지 모른다. 남편과 나는 6월 4일부터 글쓰기를 시작했다. 남편의 글을 우연히 보게 됐다. 남편의 마음을 몰라도 너무 몰랐다. 조금만 맘을 터놓고 지냈더라면…

우리는 같은 꿈을 가지고 살아가고 있다. 왜 평생을 이렇게 살지 못했을까? 서로의 생각을 읽어보지도 않고 서로를 마음대로 생각했다. 내 생각을 자기 생각인 것처럼 생각하고 판단하고 결정했다. 그러면서 원망만 자랐다.

사람은 같을 수가 없다. 같은 부모 밑에서 자라도 다 다르다. 하물며 다른 부모 밑에서 자란 문화가 다른데 같을 수는 더더욱 없다. 욕심이다. 같기를 바라는 건 이기적인 마음이다. '내 생각이 이러니 이렇게 해줘'라고 하는 것밖에 되지 않는다. 차라리 생각하고 있는 것을 말이라도 했으면 싫은 것은 서로 조심할 수도 있었을 것이다. 우리는 대화도 하지 않고 알아서 다 해주기를 원한다. 우리는 싸울 때 "그것도 모르나?" 이 말이 우리가 싸우는 이유였다. 대화도 제대로 한 적이 없는데 뭘 안다는 것인지…

시간이 지나고 생각해보니 한심하다. 어떻게 이렇게 지낼 수가 있었는지. 바랄 것을 바라야지… 남편이 신도 아니고 어떻게 내 마음을 다 알아서 해줄 수 있겠는가? 세상에 그런 남편은 없다. 말을 해도 잘못 해석해서 오해하는 경우가 많다. 난 억지가 많았고 남편이 답답했을 것이다. 대화만큼 중요한 것은 없다. 건성으로 하는 대화 말고 진지한 대화. 마음을 열어놓고 하는 대화의 시간이 중요하다. 매주 한 번은 대화의 시간을 가져보자. 특별히 할 얘기가 없으면 책을 통해서 하자. 책 내용을 통해 서로 본 것과 깨달은 것을 얘기하는 시간이 좋을 것 같다.

독서모임 '나비'를 운영하고 있다. 같은 책인데도 서로가 바라보는 곳도 다르고, 같은 내용을 보더라도 의견이 다르다. 주부들은 독서모임을 하고 나면 스트레스가 풀린다고 한다. 책을 통해 나의 경험을 대비해보고 얘기를 나눈다. 내가 잘못한 부분이나 속상했던 부분들을 다 털어놓으면서 상대의 조언도 듣는다. 독서토론에 답이 있는 것은 아니다. 누구의 의견도 틀린 사람은 없다. 각자의 생각을 얘기하고 다른 사람의 생각을 듣는 시간이다. 독서모임을 하고 나면 모르는 부분도 알게 되고, 사람들의 다양한 생각을 듣게 된다.

"이런 부분에서 이런 생각도 하는구나."

우리는 우리가 생각지도 못했던 얘기를 들으면서 많이 보고 배운다. 독서모임을 남편과 다른 곳에서 운영한다. 예전 같으면 한참 자고 있을 시간이다. 독서모임 준비부터 서로가 도와주지 않으면 힘들다. 조만간 두 개를 하나로 합쳐서 할 생각이다. 다른 공부도 해야 하는데 주말마다 하는 건 무리라고 생각해서이다. 독서 리더 과정을 들으면서 '독서나비'를 3번 진행하는 것이 과제이다. 과제로 출발했지만 나름대로 보람도 있다. 앞으로 같이 하면서, 부산에 '독서나비' 인원이 많이 늘었으면 한다.

독서는 부모와 자식 간, 부부 간의 사이를 좋게 만들기도 한다. 혹시 부부사이가 좋지 않으면 독서모임에 참여하라고 권유하고 싶다. 독서모임을 따분하고 재미없게 생각하는 사람이 있을 것이다. 나도 그랬다. 독서모임을 할 수록 독서만큼 사람의 마음을 열어주는 것이 없는 것 같다. 책에서 많은 사례들을 간접경험하면서 성장할 수 있다. 진작 독서를 만나지 못한 것에 후회한다. 평생 독서를 거의 하지 않은 남편도 요즘은 책을 좋아한다. 책을 보면서 우리는 좋은 책에 대해 토론하고 얘기한다. 좋은 부부사이를 원한다면 독서를 권유하고 싶다.

독서를 하면서 글쓰기를 함께 하면 더욱 좋다. 글을 쓰는 동안은 오롯이 나의 시간이어서 나를 만날 수 있다. 몰랐던 나를 발견하게 되고, 평생 용서 안 될 것 같은 사람도 이해되기 시작한다. 글쓰기는 나를 치유한다. 직장생활을 한다면 새벽 시간이나 밤 시간을 활용하여 글쓰기를 시작했으면 한다. 글쓰기가 어렵다면 감사일기라도 적어보기 바란다. 작은 것 하나 소중하지 않은 것이 없다. 같은 시간을 살면서 불만에 가득한 삶과 감사할 줄 아는 삶, 어떤 삶이 내 인생에 도움될까?

행복한 부부사이를 유지하고 싶다면 독서와 글쓰기를 지금 시작해보기 바란다.

남편의 자존감은 아내가 만든다

'청춘도다리'에서 〈엄마의 자존감이 아이의 자존감〉이라는 강연을 들었다. 이 강연을 들으면서 엄마의 자존감이 아이의 자존감을 만들 뿐만 아니라, 남편의 자존감도 아내가 만든다는 생각이 들었다. '가화만사성'이라는 말이 있다. '집안이 화목해야 모든 일이 이루어진다'는 말이다. 한 집안의 가장 중요한 사람이 부부다. 부부가 잘 지내지 못하면 집안 전체가 우울하다. 바깥에서도 내 마음이 그대로 반영된다. 아침 CS 시간에 직원들을 둘러보면, 얼굴이 어두운 직원들이 종종 있다. 부부싸움을 했거나 집안에 좋지 않은 일이 있는 것이다.

어느 날 아침, 부부에 대해 얘기했다.

"내가 남편을 누구보다 잘 아는 줄 알았는데, 나이 들어서 지금 돌아보니 모르는 게 많더라."

"여자와 남자의 생각이 다르다고는 알았는데, 막상 남편이 글

쓴 것을 보니 내가 아는 것과 너무 다르더라."

"말로만 안다는 말이고, 실제로 아는 것이 없더라."

"생각이 달라도 많이 다르다는 것을 이제야 깨달았다."

"우리는 벌써 50살이 넘었다. 한 살이라도 젊을 때, 부부끼리 진지한 대화를 한번 해보는 것이 좋을 것 같다."

"나중에 늙어서 알면 후회가 많이 될 것이다."

"조금만 서로의 마음을 열면, 지금보다 더 나은 부부생활을 할 수 있을 것 같다."

그동안 내가 느낀 부부관계에 대한 이런 여러 가지 말을 했다. 밝은 표정으로 있던 직원 몇 명이 생각에 잠긴 듯한 표정을 지었다.

우리는 좋은 줄 알면서도 반복적인 습관을 들이지 않으면 금방 잊어버린다. 작심 3일이라는 말을 많이 들었을 것이다. 우리기억은 3일을 넘기기 힘들다. 하지만 3일을 반복하다 보면 습관이 된다. 부부사이가 좋아지는 좋은 습관을 실천해 보길 바란다. 부부에 대해 진지하게 생각해 보지 않았다면 지금부터라도 생각해 보는 시간을 가졌으면 한다. 부부관계에 대한 좋은 아이디어도 있다면 '그렇네' 생각만 하고 잊어버리기 전에 실천하는 날을 만들어 보길 바란다. 나도 남편과 대화하고 싶은 날이 많았지만 한번도 실천해 본 적이 없었다.

남편이 6년 만에 승진했을 때, 남편이 속상한 줄 알면서도 나는 내 감정만 생각하고 남편을 위로해 줄 생각을 하지 않았다. 아픈 사람에게 더 아픈 말만 했다.

"도대체 왜? 나는 승진도 한번 안 돼보고, 계속 내가 떨어진 것 같아 미치겠다."

"전부 나한테 위로전화가 온다. 내 인생에 도움이 안 된다."

이런 말을 해놓고 마음이 좋지 않았다. 남편은 나보다 더 아플 텐데…, 난 위로의 말을 할 줄 모르는 사람이었다. 남들에게는 위로도 하고 미안하다는 말도 잘하면서, 남편에게는 '미안하다', '힘내' 하는 말들이 왜 그렇게 낯선지….

남편을 위로할 수 있는 사람은 아내이고 위로 받고 싶은 사람도 아내 일 것이다. 그런 아내가 도리어 원망만 하니 얼마나 힘들었을까? 자존감도 무너졌을 것이다. 아내가 즐거우면 남편도 따라 즐겁다. 반대로 아내의 바가지 소리가 남편 어깨의 힘을 축 늘어뜨린다. 남편의 자존감은 아내의 따뜻한 말 한마디에 있는 것 같다. 난 여태 남편에게 따뜻한 말 한마디 해준 적이 없다. 남편은 "니가 좋으면 나는 무조건 좋다" 이런 말을 자주 한다. 이 말이 진심이라는 것을 안다. 지금은 이해되는데, 왜 그런 말들이 내게 들리지 않았을까? 내가 듣고 싶은 말이었을텐데도 들리지 않았다. 남편이 행복했으면 좋겠다.

남편은 부산 우정청에 근무하고, 나는 관내 우체국에 근무했다. 나는 관내 우체국에서 일했지만 청장님을 비롯하여 나보다 높은 직급의 분들을 많이 아는 편이었다. 남편의 승진이 가까워

오면서부터 혹시 내가 방해가 될까봐 관내에서 조용히 지내게 되었는데, 그전까지 계시던 청장님들은 대부분 잘 알고 지냈다. 그중에 한 청장님께서는 남편을 부를 때 "어이, ○○○ 남편!"이라고 불렀다. 남편은 농담 반 진담 반으로 "청장님은 그래도 내가 청에 근무하는데 ○○○ 남편이 뭐꼬?" 하면서 집에서 투정을 했다. 남편은 투정하면서도 목소리는 기분 좋아 보였다. 아내가 인정받는 것 같아 좋은 모양이었다.

마음 깊은 남편을 뒤로하고 승진에 밀려서 힘들어 하는 남편에게 위로하지 못하고 바가지에 바가지를 긁었다. 아마 남편은 살맛이 나지 않았을 것이다. 남편은 모든 것을 내 위주로 해주고 칭찬에 인색한 나와는 반대로 내게 많은 칭찬을 해준다. 일부러가 아니라 내가 바라보는 마음이 달라지니 남편이 예뻐 보이고 뭐든지 잘해주고 싶다. 남편의 자존감은 아내가 만들어준다. 남편표정이 많이 밝아지고 피부 톤도 맑아졌다. 자신감이 넘쳐 보인다. 남편의 처진 어깨가 아니라, 자신감 넘치는 뒷모습이 보기 좋다.

남편과 독서 리더 과정을 들었다. 그룹별 수업을 8주 동안 하는데, 남편과 나는 다른 그룹이었다. 그런데 우리는 양쪽을 오가며 같이 다녔다. 많은 과제도 같이 하고, 그룹이 다르기 때문에 남들보다 수업을 두 배나 더 받을 수 있었다. 독서 리더 과정은 지금까지 하지 않았던 과정이어서 더욱 재미 있었다. 우리는 서로 도와가면서 8주를 보냈다. 사는 동안 독서 리더 8주 과정이 기억에 오래 남을 것 같다.

독서리더과제 중의 하나. 책을 읽고 난 후 '원 포인트 레슨'을 만들어 발표하는 시간이 있었다. 인증식하는 날에 발표를 했다. 발표 조가 남편은 오후 조, 나는 오전 조였다. 오전 조가 할 때 오후 조는 다른 과제가 있어서 발표를 볼 수 없었다. 발표를 보려면 과제를 빨리 하고 와서 봐야 된다. 내가 발표하기 전에 남편은 내 발표를 보기 위해 왔다. 내가 하는 발표를 보기 위해 과제를 서둘러 한 것 같다. 나중에 남편이 말했다.

"니 거 발표하는 거 보려고 내 과제 대충 하고 왔다."

남편이 고마웠다. 난 그렇게 하지 못했는데…. 내가 발표하는 동안 동영상을 찍어주었다. 나는 남편의 발표를 봐야 하는데 과제가 빨리 되지 않았다. 과제를 다 하고 오니 남편의 발표가 끝나버렸다. 나중에 남편 조 마스터님이 촬영해놓은 비디오를 봤다. 남편의 발표 실력이 많이 늘었다. 남편이 나날이 발전해가는 모습을 보니 기분이 좋다. 우리는 각각 그룹별 MVP를 받았다. 내가 받은 것보다 남편이 좋아하는 것을 보니 내 마음이 더 기뻤다. 큰아들도 인증식에 같이 참석해서 더 좋았다. 남편의 표정이 밝았다. '남편이 자존감은 아내가 만든다.' 난 남은 인생 같이 살면서 남편의 자존감을 만들어줄 것이다.

남편은 나에게 어떤 존재인가

엄마가 돌아가셨을 때도 남편이 옆에 있어서 별로 슬프지 않았다. 엄마가 알면 서운하겠지만, 엄마도 이해하시리라 믿는다. 남편은 내가 어려울 때 늘 옆에서 지켜주고 용기를 주는 사람이었다. 남편은 가식이 없는 사람이다. 인정도 많고 누구나 편하게 대하는 사람이다. 한동안 남편에 대한 나의 생각을 뒤집으려고 노력했다. 이혼하려고 욕을 하고 다녀도 봤다. 하는 것마다 마음에 들지 않았다. 결혼하기 전 엄마가 절에 가서 궁합을 본 것이 맞는다는 생각이 들 때도 많았다.

"둘이 결혼하면 오래 못 사니 절대로 결혼시키면 안 된다."

서로 좋아할 때는 궁합을 믿지 않았다. 미신이라고 생각하고 잊어버렸다. 그런데 사이가 나빠지니 미신이라고 생각했던 것이 진실로 받아들여졌다.

'우리 사이는 여기까지구나. 이래서 결혼을 반대했구나.'

이런 생각을 하면서도 이혼은 할 수 없었다. 가장 큰 이유는 같은 직장이다. 서로 모르는 사람이 없다는 것이다. 부부인 우리 관계보다 주위사람들의 시선만 떠올랐다.

'우리가 이혼하면 어떻게 생각할까?'

'직원들은 내가 나쁘다고 하겠지.'

'직장을 그만둘 수도 없는데 얼굴을 어떻게 보지?'

여러 가지 사유로 헤어질 수 없었다. 그런데 이런 생각을 하고 지내니 마음도 불편하고 하루하루가 힘들었다. 회복이 잘되지 않았다. 우리는 거의 원수처럼 지냈다. 집에서 얼굴을 봐도 말 한마디 하지 않았다. 끌어안지 않으면 잠이 오지 않던 나는 어디 가고 없었다. 남편이 외박하고 오던 날 한숨도 안 자고 기다리고 있다가 바가지를 긁었다. 남편이 그랬다.

"같이 외박한 사람 중에 아무도 안 기다리는데, 니만 전화한다고 부러워하더라. 기다릴 때 잘해줘라 하더라."

이 말이 맞다는 생각이 들었다. 남편이 들어와도 투명인간처럼 보지 않고 지낼 때 나누던 대사가 생각났다. 바가지도 관심이 있어야 긁는 것이다. 관심이 없으니 바가지 긁을 일도 없었다. 그런데 행복하지가 않았다. 매일 보는 사람이 집에 들어오는지 나가는지도 모르고 지내는 것이 6개월 이상 되었다. 직장을 다녀도 재미가 없었다. 살아도 사는 게 아니었다. 그때 내 얼굴 표정이 어땠을까? 남편은 어땠을까? 서로 사랑해서 결혼했는데, 왜 서로를 그렇게 괴롭히고 살았을까? 지금 남편과 같이 새벽을 같이하고 글을 쓰고 하면서 지난날 왜 그랬는지 후회뿐이다. 손바닥 뒤집듯이 한 번만 뒤집어서 보면 아무것도 아닌 것을 그때는 왜 그렇게 심각했을까?

남편과 사이가 좋지 않을 때도 나는 남편과 나를 따로 생각해본 적이 없다. 마음은 그러면서 행동은 늘 다른 방향으로 향했다. 남편이 알아서 다 해주기를 바랐던 것이다. 내가 이렇게 하면 남편이 이렇게 해주겠지, 하는 막연한 기대감이 있었다. 그런데 남편은 이미 신혼 때의 남편이 아니라, 어느 정도 세월이 흘러서 일반 남자 남편인 것을 잊어버렸다. 나는 변해 있으면서 남편은 늘 그 자리에 있어주길 바랐는지 모른다. 내가 이기적이었다. 늦둥이로 태어난 막내의 행동을 남편이 무조건 이해받고 싶었던 것이다.

남편도 늦둥이다. 엄마의 사랑을 많이 받고 자란 한 인격체임을 생각하지 못했다. 그래도 남편은 나에게 엄마 같은 사람을 원하진 않았다. 막내여서 친정엄마 도움 없이 생활하는 나를 애처롭게 생각하고 도와주려 했다. 남편은 남편이다. 나는 남편에게 오빠이길 바랐고, 아버지이길 바랐다. 신혼 때 남편은 내가 원하는 대로 해줬다. 변해가는 남편을 보면서 내가 변할 생각은 않고 남편만 원망하면서 살아왔다.

생각해보면, 남편과 같이 탁구도 하고 골프도 했다. 취미생활은 남편과 함께였다. 남들이 보면 늘 같이 다니는 잉꼬부부였다. 그런데 몸과 마음이 달랐다. 몸은 같이 있었는데, 마음은 서로를 떠나 있었다. 한동안은 미움이 가득 차 있었다. 돌아보면 그 시간이 아깝다. 서로 사랑하고 아끼면서 살아도 인생은 그렇게 긴 시간이 아니다. 서로 같은 곳을 바라보고 만나서 어느 순간이 되면, 다른 곳을 바라보게 된다. '남의 떡이 커 보인다'는 말이 있다. 내 것보다는 남의 것이 더 좋아 보일 때가 있다. 결국은 내 것이 제일이라는 것을 잊어버리고 산다.

남편과 나는 핸드폰도 같은 날에 구입한다. 지금은 비밀번호도 같다. 예전에는 남편도 나도 핸드폰에 손을 대면 기분 나빠했다. 사생활 침해라고 생각했다. 모든 것이 마음에서 나온다. 같은 환경, 같은 사람인데 행동하는 것, 받아들이는 마음자세가 다르다. 이제는 뭐든지 수용할 자세가 되어 있다. 어떤 상황도 이해가 된다. 마음의 차이다.

홈쇼핑에 괜찮아 보이는 염색약이 있었다. 나이 들수록 미용실에서 염색을 자주 하다 보니, 미용실에 가기 싫어져서 염색약을 샀다. 10분 정도면 할 수 있어서 편했다. 몇 개월을 집에서 하는데 남편이 "나도 집에서 해주면 안 되겠나?" 하고 물었다. 예전 같으면 대답도 안 했을 텐데 "그래, 해줄게" 하고 염색을 해줬다. 남편은 기분 좋아했다.

남편의 염색은 잘되었다. 그런데 문제가 생겼다. 온몸에 알레르기가 생겼다. 피부과에 가서 치료하는 데도 한참이 걸렸다. 마음이 아팠다. 염색약이 문제인 줄 알았다. 그래서 다음에는 미용실에 가서 나보다 두 배로 비싼 염색약으로 염색을 한다. 그런데도 가끔씩 남편의 몸에 알레르기가 생긴다. 책을 보니 나이가 들면

면역력이 약해져서 그렇다는 것을 알게 되었다. 그러고 보니 조금씩 나이가 들어간다.

남편이 살이 빠진다거나 몸이 안 좋다고 하면 걱정이 된다. 언제나 내 곁을 지켜주는 보호자다. 물론 나도 남편의 보호자다. 일방적인 것은 오래가지 못하고 서로 생각해줘야 한다. 일방적인 것이 느껴지면 상대는 지친다. 지치지 않도록 서로에게 배려해야 한다. 한평생 같이 웃고 울고 살아야 되는 사람이 부부다. 부부만큼 좋은 관계는 없다. 나이 들면 혼자보다는 둘이 좋다. 젊을 때는 혼자 살아도 괜찮지만 나이 들면 누군가 옆에 있는 것이 필요할 것 같다. 그래서 결혼도 하는 것이 아닐까?

요즘 황혼이혼을 많이 한다. 아이들이 어릴 때 참다가 어느 정도 안정을 찾으면 헤어지는 것이다. 아이가 태어나면서부터 전쟁이 시작된다. 세상 누구보다 소중한 아이가 태어나면 더 사랑해야 하는데, 삶에 지쳐 하나씩 다툼이 일어난다. 젊을 때는 조금의 양보도 없다. 오로지 내 생각이 진리다. 적어도 나는 그렇게 생각했다. 내 생각이 남편이 못마땅하게 만들었고 조금이라도 내게 맞추지 않으면 '역시 그렇지' 하고 비하해버렸다.

내 상황이 어려우면 남편의 상황도 힘들지 모른다. 그런데 남편의 상황은 안중에도 없다. 한번만이라도 남편과 진지하게 얘기해봤으면, 이렇게 오랫동안 힘들지 않아도 되었을 것이라고 생각한다. 남편에게 먼저 "자기 힘들재?" 이런 말부터 시작했다면 어땠을까? 항상 "나 너무 힘들어." 이 말부터 시작했던 것 같다. 좋은 말도. 한두 번이다. 매일 우는 아내가 예뻤을 리 없는데, 난 예쁘게 보기만을 기다리면서 살아왔다. 남편을 먼저 이해하고 나를 알아 달라고 했더라면, 그냥 모르는 척 지나칠 사람은 아니었다.

여자도 단순하지만 남자도 단순하다. 내 마음을 알아주는 모습이 조금만 보여도 미안해할 줄 안다. 그런데 내 마음도 꽁꽁 감추고, 남편의 잘못만 얘기한다. 남편의 입장에서는 그렇게 잘못한 일도 아닌데 바가지만 긁으니 좋게 들릴 리가 없다. 설사 잘못했다고 느끼더라도 "그러는 너는?"이라는 반감이 생길 것이다. 내가 사람이듯이 남편도 사람이다. 서로를 귀하게 여기고 사랑하자.

"여보, 오늘도 파이팅! 당신 옆에는 내가 있어. 힘내."

이 한마디면 우리가 투명인간처럼 살 이유도 없었다. 남편이 술과 함께 보낼 이유도 없었다. 남편의 존재에 대해 다시 한번 생각해보자. 내 남편은 과연 어떤 존재인가?

남편이 내게 어떤 존재로 남을 것인가도 내가 만드는 것일 수도 있다. 내게 없어서는 안 될, 끝까지 함께할 소중한 존재로 남아서 함께 가길 바란다.

나는 여자이기보다 아내이고 싶다

지하철을 타기 위해 걸어가고 있었다. 누군가 "아가씨!" 부른다. 뒤돌아보니 "아가씨 아니고 아줌마네." 한마디 한다. 당연히 아줌마가 맞고 내 나이가 많은데, 이 말이 왜 그렇게 기분이 나빴는지…. 나이 먹으면 당연히 아줌마가 아줌마이지 아가씨가 아니다. 그런데 영원히 아가씨이길 원한다. 이게 여자의 본능 아닐까?

내 친구는 아직 결혼을 안 하고 아가씨로 지낸다. 친구는 애들을 만나면 "아줌마한테 온나?" 하면서 스스로 아줌마라고 칭한다. "니는 아가씨인데 왜 아줌마라고 하는데?", "야, 우리 나이가 할매 나이다. 그리고 남들 눈에 아줌마로 보인다. 발버둥 쳐봐야 소용없다." 이렇게 말하는 친구가 당당해 보이고 보기 좋다. 그 이후로 나도 아줌마 소리가 그렇게 기분 나쁘지 않다. 그리고 여자이기보다 ○○○의 아내인 게 좋다.

신규자 동기이고 보니 밖에서는 남편이라는 것을 잊어버리고 살 때가 많았다. 우리는 둘 다 직장생활을 씩씩하게 해왔다. 일만큼은 두 번째 가라면 서러울 정도로 열심히 해왔다. 우리는 일에 대해서 물으면 만사 제쳐두고 가르쳐준다. 남편과 나는 해온 일 분야가 다르다 보니 편리했다. 서로 모르는 것이 있으면 물어보기도 편했다. 같은 직장에 다닌다는 것이 행복할 때가 있었다.

그런데 갑자기 행복했던 그 일들이 언제 그랬냐는 듯이 잊히고 걸림돌만 된다. 남편의 잘못도 아닌데 남편의 잘못처럼 미워하던 오래시간 끝에 이제는 서로를 의지하게 된다. 남편에게 난 영원히 여자이고 싶었다. 그런데 여자는 바꿀 수 있어도, 아내는 바꿀 수 없다는 것을 알았다. 내가 아이들의 엄마, 남편의 아내이기에 지금 이 자리에 있다. 만일 아내가 아니었다면 우리는 조금만 불편해도 헤어졌을 것이다. 우리를 떨어질 수 없는 끈으로 연결지어주는 아이들이 있다. 난 아이들의 엄마여서 좋고, 아내여서 좋다.

말하지 않고 지내던 시절이 생각난다. 서로 조금만 마음의 문을 열어놓았다면 얼마나 좋았을까? 내가 아내라는 단어가 좋아진 것은 오래되지 않았다. 오랫동안 여자라는 끈을 내려놓지 못했는데, 이제는 자연스럽게 50살이 넘은 중년부인이라고 나 자신도 인정한다. 사람은 '…다운' 게 제일이라고 한다. 어린 아이들은 어린 아이다워야 하고, 어른은 어른다워야 한다. 여자는 여자다워야 하고, 아내는 아내다워야 한다. 여자와 아내는 다르다. 아내는 여자가 될 수 있지만, 여자 모두가 아내는 아니다. 결혼하지 않고 독신으로 사는 사람이 많다. 아내로서 자리가 있다는 것이 감사하다.

10년 동안 남편 혼자 교회에 다녔다. 여러 가지 사정으로 난 교회를 나가지 않고 있다가 교회를 갔다. 교회를 다니면서도 내가 아직 확실한 기독교인지는 모르겠다. 다만 하나님이 내 안에서 늘 함께한다고 생각하고 살고 싶은 사람 중의 한 사람이다. 세례를 받기로 했다. 남편은 나에게 세례를 받아라, 뭘 어떻게 해라 등의 잔소리를 하지 않았다. 교회에 대한 건 나 스스로 말을 꺼낼 때까지 얘기하지 않았다. 다른 사람들이 세례 받는 것을 보고 "어떻게 하면 세례를 받는데?" 하고 물었다. 그러자 반가운 목소리로 "세례 받을래?" 한다. 그래서 교육 신청을 하고 난 후 '학습'을 하고 드디어 '세례' 받는 날이 되었다. 남편은 작은아들에게 "엄마 세례 받는 데 같이 갈래?" 하고 묻는다. 작은아들은 교회에 나가지 않는다. 그런데도 "당연히 가야지" 하고 따라 나섰다.

세례 받는 순간 눈물이 났다. 왜 눈물이 났는지 나도 모른다. 눈물을 흘리고 싶지 않은데 계속 나왔다. 결혼생활하면서 여러 가지 힘들었던 일들, 남편과 잘 지내지 못했던 날들, 아이들에게 소홀했던 날들…; 많은 생각이 스쳐갔다. 세례 받는 날이 마음으로 아내가 되는 날이기도 했다. 아들과 남편이 옆에 같이 있어줘서 고마웠다. 잊혀지지 않는 하루였다.

얼마 전에 『준비하는 삶』이라는 책을 출간했다. 책 표지는 갈대밭에 여자와 남자가 서로 기대 앉아서 바다를 바라보고 있는 한없이 행복해 보이는 사진이다. 남편과 아내의 행복한 최상의 모습이다. 평온해 보이고 한 방향을 바라보고 있다. 우리는 긴 시간을 다른 곳을 바라보고 살아왔다. 인생 100세 시대라면, 20%를 헛되이 보낸 것이다. 충분히 같이할 수 있었는데, 아쉽다. 이미 지난 시간이다. 아쉬운 만큼 이제부터 열심히 예쁘게 살면 된다.

우리는 생활이 바뀌었다. 앞에서도 언급했지만 남편이 40년 동안 마시던 술을 끊었다. 술 마시던 돈으로 서점에 간다. 서점에 가서 책을 여러 권씩 사온다. 책꽂이에 꽂아두고 한 권씩 읽을 때마다 우리는 행복함을 느낀다. 우리 집은 TV와 소파가 없다. 대신에 공부할 수 있는 탁자가 있고, 소파 자리에 책장이 있다. 문을 열고 집에 들어오면 기분이 좋다. 아무것도 안 해도 마음이 뿌듯하다.

'3p바인더 코치 과정'을 듣고 있다. 2개월 과정인데 과제물이 많다. 우리 팀은 '독서 리더' 때 같이 하던 팀이다. 그래서 더욱 좋다. 교육 갈 때도 함께 간다. 우리는 가족보다 더 친하다. 기쁜 일에는 기뻐해주고, 안 좋은 일에는 내 일처럼 위로도 해준다. 더 좋은 점은, 난 한 남자의 아내로 늘 옆에 같이 있다는 것이다. 다른 누구보다 난 행복한 사람이다. 같은 팀의 선배들도 우리를 부러워한다. 몇 개월 동안 늘 함께 다니는 우리 부부는 평생을 이렇게 살아온 것 같은 착각에 빠진다.

남편은 내 고객

'고객은 왕이다'라는 말은 나온 지 꽤 오래됐다. 사업에 있어서 제일 중요하게 고려해야 할 것이 고객이다. 1990년대 초반부터 고객만족이라는 말이 나왔다. 직장에서도 고객만족 교육을 직원들에게 집중적으로 했다. 그러다가 내부 고객만족에 대해 언급됐다. 막연히 고객에게 잘하라고만 한다고 되는 것이 아니라, 고객만족을 담당하는 내부 직원이 만족되어야 외부 고객도 만족할 수 있는 응대가 가능하다는 것이다. 맞는 말이다. 내가 기분이 좋지 않은데 남들에게 웃음을 보낸다는 것은 연기가 아니면 할 수 없다. 연기를 하게 되면 고객은 금방 알아차린다. 진심이 담기지 않은 친절한 고객 응대는 친절이라고 할 수가 없다. 고객은 성심성의껏 응대해야 한다.

예전에 어떤 우체국에 근무할 때이다. 직원 중에 목소리 톤이 좋은 사람이 있었다. 얼굴을 보지 않고 멀리서 들으면 아무런 문제가 없다. 그런데 하루는 어떤 고객이 업무처리를 하고 영수증을 받고 난 다음 고개를 갸우뚱거렸다. "이상하게 왜 기분이 안 좋지? 분명히 인사도 하고 할 거 다 하고 별일 없이 일처리도 끝냈는데, 왜 기분이 안 좋지?" 그러면서 그 자리를 잠시 지키고 있다가 우체국을 나갔다. 내가 생각하기에 그 직원이 틀에 얽매인, 진심이 느껴지지 않는 인사를 했던 것이다.

마음이 없는 인사를 받으면 우리는 알 수가 있다. 짜인 매뉴얼로 웃는 표정 없이 그는 "어서 오십시오. 안에 뭐가 들어 있습니까? 얼마입니다. 감사합니다." 빠진 것 없이 잘 응대했다. 그런데 직원은 아무런 표정 없이 대사만 한 것이고, 고객은 그것을 느낀 것이다. 사람은 기계가 아니다. 감정이 있다 보니 심장이 알고 받아들인다. 상대가 기분 좋으면 좋은 줄 알고, 싫으면 싫은 줄 안다.

고객 응대하듯이 남편을 응대한다면 어떨까 한번 생각해본다. 우리는 고객만족을 위해서 기본 매뉴얼에 한마디 더하기 교육을 한다. "반갑습니다. 뭘 도와드릴까요?"는 기본이고, "오늘 날씨 좋죠?" 또는 "오늘 스타일 멋지십니다. 좋은 데 가시나 봅니다" 같은 고객을 기분 좋게 하는 한마디씩을 덧붙이는 것이다. 고객이 없으면 회사도 없다. 마찬가지로 남편이 무너지면 가정도 무너진다. 남편은 중요한 존재. 물론 나도 중요하고, 나를 누구보다 사랑해야 한다. 남편을 아끼고 사랑하는 것이 곧 나를 사랑하는 것이라 생각한다.

'말 한마디로 천 냥 빚을 갚는다'라는 말이 있다. 말은 돈이 들지 않는다. 출근하는 남편에게 "사랑해", 퇴근시간에 "오늘 애 많이 썼어. 고마워, 사랑해" 이런 한마디를 곁들이면 좋지 않을까? 이런 말을 하는 아내가 어떻게 사랑스럽지 않을까?

행복은 마음에서 나오기도 하지만, 몸동작에서 나오기도 한다. 안아준다거나 호응한다거나 꿈을 꿀 수 있도록 도와주는 모습을 보일 때 행복을 느낀다. '행복해서 웃는 것이 아니라, 웃으면 행복이 온다'라는 말도 행동을 먼저 함으로써 내게 행복이 온다는 말이다. 행복은 우리 스스로가 만들 수 있다. 무뚝뚝하게 가만히 있는 것보다 한마디라도 더하고 액션이라도 취한다면, 자연스럽게 더 친해지지 않을까 생각한다. 남편과 결혼하고 출근할 때 매일 아침 "내 예쁘냐?" 하고 물었을 때 남편은 마지못해 대답했을 수도 있다. 그런데 생각해보면, 유치하지만 그런 대화를 했을 때는 다투지 않고 잘 지냈던 것 같다. 바쁘고 힘들다는 핑계로 대화가 없어지고 표정이 사라지던 날부터 행복보다는 힘든 것이 더 몸에 와닿았다.

밑져야 본전이다. 손해보는 셈치고 한마디 더 하자.

사랑해, 고마워, 미안해.

나는 남편을 고객으로 생각하기로 했다. 까다로워서 챙겨야 되는 고객이 아니라, 우리가 필요해서 더 챙겨야 하는 MVP 고객. 새로운 고객을 유치하는 것보다 기존 고객 관리가 더 중요하다. 고객과 마찬가지로 남편은 떠나면 안 될, 기존 고객 중에 가장 소중한 고객이다. MVP 고객은 우리가 챙기지 않으면 안 된다. 남편은 영원한 나의 MVP 고객이다.

만인의 오빠 내 남편

남편은 만인의 오빠다. 남편은 나이가 많든 적든 "오빠다"라고 한다. 30대 후반에 영도에 근무한 적이 있다. 여자 영업과장이었고, 나는 지도실장이었다. 친하게 지냈다. 마케팅 할 업무가 있으면 나는 영업과가 아니어도 항상 같이 다녔다. 내가 근무하기 전에 남편도 영도에 오래 근무했다. 그 영업과장님은 나에게 남편 얘기를 해준다. "강 실장 남편은 나를 부를 때 '오빠다', 이렇게 먼저 말하고 용건을 말한다"면서 정말 웃긴다고 유쾌하게 얘기했다.

자기보다 훨씬 나이가 많은 여자 직원한테도 앞에서 '내가 오빠다'를 먼저 하고 유머스럽게 얘기하는 것을 직접 본적이 있다. 만인의 오빠처럼 행동한다. 그래서인지 여직원한테 인기가 많다. 집에서는 볼 수 없는 모습이었다. 어쩌다가 다른 사람들과 어울려 회식하러 가면 남편이 분위기를 주도한다. 내가 모르는 모습도 보였다. 시작 전 분위기 모으는 것과 마무리하는 것을 남편이 주도

했다. 남편이 집에서와는 다르다는 것은 알았지만, 실제로 보니 새로웠다.

내가 지금 근무하는 곳에 남편이 2년 정도 근무했다. 남편이 이곳에 근무하는 동안 나는 원하지 않는 관내국장에서 근무를 했다. 남편과 같이 근무하는 팀장이 나에게 말했다. "정 과장님 인기가 좋아요, 아마 국장님보다 훨씬 좋을 걸요." 그 팀장은 나와 같이 근무한 적이 없다. 그런데 남편과 비교하니 기분은 별로 좋지 않았다. 그래도 남편이니 아주 싫은 것은 아니었다. 부부는 밖에서 보는 것과 다르다는 것을 새삼 느꼈다.

남편이 근무하는 소포영업과에서 부부동반으로 1박 2일 합천 여행을 갔다. 부부동반으로, 직원들 단체로는 처음이었다. 어느 정도 분위기가 무르익을 때 남편은 남편끼리, 아내는 아내끼리 놀았다. 처음 보는 사람들인데도 같은 직장의 남편이 있다는 것만으로도 금방 친해졌다.

그 중의 한 사람은 얼굴은 처음 보는데 소문으로는 들은 사람이었다. 소문에는 아내가 남편을 못 살게 구는 나쁜 아내로 되어 있었다. 직접 만나보니 소문과 다른 사람이었다. 화통하고 술도 조금씩 하고, 이미지도 성격도 좋아 보였다. 무엇보다 아이들을 잘 키우고 있었다. 집에서 아이들을 직접 가르치고, 여느 아내들처럼 아이 교육에 관심도 많고, 자신감도 강했다. 내가 보기에는 직원보다 아내가 가정을 잘 이끈다는 생각이 들었다.

그 직원도 남편처럼 술을 많이 마시고 다녔다. 새벽이 되도록 끝까지 '고고'를 외치고, 하루라도 그냥 넘어가면 섭섭해하는 사람이다. 그 아내를 만나보니, 남자들은 자기에게 불편한 것만 한 번씩 얘기한다는 것을 느꼈다. 그 아내가 남편이 한번씩 하는 실수를 얘기해줬다. 작은딸아이가 피아노를 잘 친다고 한다. 콩쿠르에 나가는데 아빠도 동참하기를 바랐다. 오기로 하고 기다렸는데 오지 않았다고 한다. 그 시간에 남편은 술을 마시고 콩쿠르조차 잊어버렸으니, 어느 아내가 기분 좋을 수 있을까? 당연히 바가지를 긁게 된다. 이럴 때 남편은 "아내 바가지 때문에 못 살겠다. 잊어버릴 수도 있지." 이렇게 얘기한다.

아내끼리 모인자리에서 남편얘기가 나왔다. 듣기도 하고 하기도 했다. 들어보니 특별한 남자, 특별한 여자는 없는 것 같다. 같이 온 부부 중에 서로를 챙겨주고 사랑스러운 눈빛으로 바라보는 사람들이 있었다. 누구나 봐도 충분히 부러워할 눈빛과 행동이다. 아무도 없을 때 남편에게 가서 물었다.

"여보, 저 부부는 왜 저렇게 신혼처럼 친해?"

"응, 재혼한 지 얼마 안 됐다."

우리도 신혼 때는 남들 눈에 저렇게 보였을 것이다. 나는 순간순간 그 부부를 쳐다봤다.

'우리도 신혼 때 저렇게 사랑했는데…'

남편과 나는 새벽에 일어나 합천 해인사 영화 촬영지를 둘러봤다. 어릴 때만 봤던 철길, 약방 등 곳곳이 추억이 떠오르는 낯익은 배경들로 되어 있었다. 우리는 세트장마다 다니며 사진도 찍었다. 그러다 보니 아주 어릴 때 동네에서 뛰어놀던 생각이 났다. 오랜만에 느껴보는 행복이었다. 새벽을 보내고 단체로 등산을 했다. 등산도 많이 해봤지만, 그날은 특별한 등산처럼 행복했다. 부부가 같이 하니 즐거움이 두 배였다. 거기서도 남편은 자기보다 나이 많은 부부의 사모님에게도 '오빠'라고 했다. 남편은 어디서나 유쾌한 사람이었다. 만인의 오빠를 나만 모르고 있었다. 김승호 대표님의 『생각의 비밀』에 이런 내용이 있다.

"늙을수록 멋있고 오래될수록 가치 있는 친구들은 아무리 가까이해도 내 어깨를 힘들게 하지 않는다. 오히려 그들이 내 어깨에 올라와 있는 것이 자랑스럽다."

남편과 28년을 함께했다. 남편이기 보다 오랜 친구다. 늙을수록 멋있고 오래될수록 가치 있는 단 한 명뿐인 내 친구. 내 친구가 내 어깨에 올라와 있는 것이 자랑스럽게 느껴진다. 이 책을 보는 분들은 하루빨리 나와 같은 실수로 오랜 시간 아깝게 허비하지 말고 좋은 친구로, 애인으로 거듭나기 바란다.

맺음말

"가족끼리 왜 이러십니까?"

나이가 들면 사랑하는 부부라기보다는 정으로 사는 가족이다. 여기서 말하는 가족은 특별히 더 챙기지 않아도 늘 옆에 서 함께 웃고, 우는 가족을 의미한다. 그래서 가족은 무엇보다 소중하게 생각해야 한다. 직장, 친구, 동료 모두가 중요하지만 특히 더 소중하게 생각해야 하는 것이 가족이다. 그런데 우리는 가족을 가장 등한시한다. 그중에 부부사이가 제일 소홀해지기 쉽다. 젊었을 때 각자 바쁘게 다른 곳을 바라보며 살다가 나이가 들어서야 부부의 소중함과 가족을 되돌아보는 경우가 많다.

우리는 누군가 만날 약속이 있으면 예쁘게 화장하고 옷도 단정하게 입고 신경 써서 나간다. 그런데 남편과 있을 때는 입던 옷, 화장 안 한 얼굴로 대할 때가 많다. 남편도 마찬가지다. 사실 우리가 가장 신경 쓰고 다듬어서 잘 보여야 할 사람은 평생을 함께

할 부부이다. 남들과의 약속은 칼같이 잘 지키면서 나와의 약속은 지키지 않는 것과 마찬가지로, 가장 소중하고 잘 챙겨야 할 것들을 등한시한다는 사실을 우리는 명심해야 할 것이다. 아무리 다른 곳에서 즐거운 시간을 보내고 사람들과 잘 어울려도, 마지막까지 남는 사람은 부부다. 이러한 사실을 마지막까지 생각하지 못한다면 시간은 우리를 영원히 기다려 주지 않는다는 것도 알아야 한다.

남편과 같이 공부하고, 글을 쓰고, 책을 읽고 이야기하고… 이런 시간이 올 것이라고는 상상도 못 했다. 지금 함께하고 있으면서도 믿어지지 않을 때도 있다. 마음만 먹으면 손바닥 뒤집는 것보다 쉬울 수 있다. 미리 안 된다고 생각하고 있기 때문에 안 될 뿐이다. 혼자보다는 둘이 할 때가 두 배의 기쁨을 얻을 수 있다.

직원, 친구 등 누구와도 한 번쯤은 다툰 후 말을 안 해본 경험이 있을 것이다. 처음 다투고 나면 아무리 생각해도 내가 잘못이 없는 것처럼 생각된다. 그런데 시간이 지날수록 '왜 그랬을까' 하는 마음이 든다. 사과를 먼저 하면 되는데 잘 안 된다. 화해할 때까지 마음이 불편하지만 며칠을 보낸다. 그러다가 '미안하다'는 말을 하고 나면 마음이 편해진다. 누구를 미워하면 무엇보다 자신이 힘들어진다. 매일 봐야 하는 부부가 서로 사랑하지 않으면 우리는 매일이 불행하다. 가정이 행복해야 사회생활도 잘할 수 있다. 우리는 소중한 것을 소중하다고 느끼지 못하고, 세월이 많이 흐른 후 후회하게 된다.

결혼생활 28년 중 5년 정도를 제외하고 23년을 그저 그렇게 살아왔다. 어쩌면 남보다 못했는지도 모른다. 밖에서 웃다가 집에 오면 표정이 없어진다.

지금 생각하면 흘러온 짧지 않은 세월이 아쉽기만 하다. 이제 막 시작하는 신혼부부, 갈등의 길에 접어든 부부, 같이 지내지만 무덤덤하게 가족으로 살아가는 부부가 있다면 이 책이 도움이 되었으면 한다. 나의 경험을 보면서 다시 한 번 소중하고 멋진 부부의 앞날을 위해 새로운 삶을 만들어 보는 계기가 되었으면 한다.